완벽한
가족을
만드는
방법

장편소설 정은숙

완벽한
가족을

만드는
방법

창비

차 례

A family doesn't have to be perfect. It just needs to be united.

완벽한 가족일 필요는 없다. 그냥 하나만 되면 되는 것이다.

—작자 미상

전세 사기

행운은 눈이 멀지 않았다. 그래서 부지런하고 성실한 사람을 따라간다. 이 말을 누가 했을까? 열렬히 박수를 쳐 주고 싶다.

엄마는 고작 두 군데의 부동산에 가 봤을 뿐인데 마음에 쏙 드는 집을 구했다며 흡족해했다. 결코 엄마가 부지런하거나 성실한 사람이 아니었음에도, 대규모 재건축 단지 조성으로 인해 인근 전세 물량이 부족하다는 뉴스를 몇 차례나 보았음에도 불구하고 대단한 행운을 그러잡은 거였다.

"죽으라는 법은 없나 봐. 남들은 발바닥 부르트도록 다녀도 못 구한다던데 나는 부동산에 들어가자마자 사장님이 대뜸 알아보지 뭐야. 딱 봐도 아무 데서나 살 분은 아니라고, 그래서 특별히 아껴 둔 매물을 보여 주는 거라면서."

남들이 구하기 힘들었다면 엄마도 그랬어야 할 테다. '참 좋은 물건을 새 주인에게' 보내 준다는 중고 거래 어플 '참새마켓'에서도 마음에 쏙 드는 물건을 찾기 어렵건만, 엄마는 행운이 보란 듯이 자신의 눈앞에 뚝 떨어져 있으리라 믿었던 걸까…….

1379#. 시세보다 저렴하게 구했다는 풀 옵션 신축 오피스텔로 이사하던 날, 엄마는 이삿짐 차량보다 먼저 도착해 302호의 도어 록 비밀번호를 눌렀다. 도어 록 버튼 누르는 띠띠띠띠 소리가 조용한 복도를 울렸다. 번호를 다 눌렀지만 문은 경고음 소리만 울리며 열리지 않았다. 엄마는 고개를 갸웃거리다 또다시 같은 번호를 눌렀고 그래도 문이 열리지 않자 세 번째는 핸드폰 메모장을 보면서 신중하게 손을 움직였다.

열려라 참깨! 그 순간 선빈은 옛이야기에도 나오는 음성 인식 자동 개폐 시스템이 어째서 21세기 대한민국에 아직까지 보급되지 않았을까 궁금해하며 밥솥에 싼 보자기를 왼손으로 옮겼다. 오른쪽 손마디에 빨갛게 눌린 자국이 남았다. 아휴 씨!

엄마는 다른 이삿짐보다 밥솥이 먼저 들어가야 한다고 말했다. 밥솥부터 들어가야 밥 굶을 걱정이 없다나. 보릿고개 시절도 아닌데 밥만 안 굶으면 되냐고요! 하지만 선빈은 간절한 눈빛으로 미신을 이야기하는 엄마에게 이렇게 말할 수 없었다. 남쪽 바다 작은 섬에서 로켓을 쏘아 올리며 우주 항공 시대를 열어젖힌 과학자들 중에도 성공을 위해 물을 떠 놓고 치성을 올린 이도 있다고 하니 이까짓 미신을 믿는 거야 뭐……. 하지만 미신의 장래 실현 가능성과는 별개로 손마디의 아픔은 현재 시점에서 생생했다.

"며칠 전에도 왔었다며. 번호 확실해?"

선빈이 짜증스럽게 물었을 때 띠릭, 도어 록 잠금이 풀리는 소리가 들렸고 문이 열렸다. 기적이냐고? 천만의 말씀이다. 집 안에서 어리둥절한 눈빛의 여자가 나왔으니까.

"누구세요?"

"누구세요?"

두 여자가 동시에 불협화음으로 물었다. 불행 대환장 파티의 서막은 그렇게 시작됐다.

아무리 큰 사건이라고 해도 시작부터 요란하지는 않은 법이었다. 생각해 보면 예고도 있었다. 모름지기 사람은 큰물에서 놀아야 한다고 침을 튀기며 주장했던 아빠는 중학교 졸업 후 가기로 했던 선빈의 캐나다 유학을 일방적으로 연기해 버렸다. 아무래도 어린 여자애를 멀리 보내는 게 꺼려진다는 이유로. 나이가 문제인지 거리가 걸림돌인지는 모르겠지만 선빈은 그러려니 했다. 학교 공부도 미루면서 — 유학 갈 건데 학교 공부가 무슨 소용이냐는 이유로 — 어학원 다니며 준비했던 시간이 아까워 갑자기 계획을 바꾸면 어떡하냐고 따질까 생각했지만 그마저도 생략했다. 아빠와 긴 대화를 나누는 것은 인기 아이돌의 콘서트 티켓 예매보다 힘든 일이었다. 어쩌다 선빈이 중요한 얘기라도 할라치면 아빠의 핸드폰은 어김없이 울렸고 사람 좋은 웃음소리 혹은 거친 쌍욕이 들리는 통화가 길게 이어졌다. 아빠가 선빈에게 제일 많이 했던 말은 '이따, 이따.'였다. 딸보다 더 중요한 문제가 저리 많을까 싶어 선빈이 서운해하면 엄마는 사업하는 사람은 원래 저런다며, 아빠가 바빠야 우리가 살 수 있는 거라고 말했다. 아빠는 늘 바빴고 그래서 선빈은 마음을 놓았다. 계속 이렇게 살 수 있을 거라는 믿음으로.

기억을 되돌려 보니 유학 건만이 아니었다. 아빠는 누가 있거나 없거나 러닝셔츠 차림으로 다리를 쩍 벌리고 앉아 텔레비전을 보던 사람이었다. 그랬던 사람이 칠 년 넘게 일해 주러 오신 이모님의 존재가 갑자기 불편해졌다며 세 식구 살림인데 혼자 살살하면 어떻겠냐고 엄마에게 물어보기도 했다. 물론 엄마의 성질만 돋우고 단칼에 없던 일이 됐지만. 이태리 물소 가죽 소파가 배달되어 온 날 아빠의 미간이 유독 좁아졌던 것이나, 엄마의 카드 지출 내역에 주부가 왜 이리 손이 크냐며 신경질적인 반응을 보였던 것처럼 지나고 난 뒤에야 깨닫게 되는 징후들이 분명 존재했다. 그래도 정확한 사건의 시작은 17일 전이었다.

전날 난데없이 해외 출장을 가게 됐다며 거대한 여행 가방을 끌고 나갔던 아빠가 다음 날 고등학생의 등교 시간보다 이른 새벽에 전화를 걸어 왔다. 내 말 잘 들어. 낮은 목소리로 시작한 첫 마디부터 위협적이었다. 수신자의 신원도 확인하지 않고 이런 중요한 말을 하다니. 아빠는 매사 이렇게 허술했다. 자금을 구하지 못해 최종 부도가 났다고, 이제 자신은 도망 다녀야 한다고, 혹시 모르니 보석이나 귀중품들을 다른 곳으로 옮겨 놓으라는 말을 다급하게 뱉어 냈고, 그게 무슨 말이냐고 되묻기도 전에 전화가 끊겼다. 겨우 33초였다. 핸드 드립으로 커피를 내리던 엄마를 대신해 전화를 받았던 선빈이 어안이 벙벙한 채 그 말을 전했고 엄마가 다시 전화를 걸었을 때 아빠의 핸드폰은 꺼진 상태였다. 어쩔 수 없이 아빠의 시시콜콜한 일정을 다 챙기는 권 부장에게 전화를 걸어 무슨 일인지를 물었고, 33초짜리 통화에 한 치의 거짓이 없음을 확인했다.

"우리 집 망한 거야?"

아니지, 라는 대답을 기대하며 물었지만 엄마는 멍한 표정으로 고개를 끄덕였다.

그 이후 벌어진 일들을 영상으로 옮긴다면 배속으로 돌려 봐야 할 만큼 숨 가쁘고 비참하고 어이없었지만 돌이켜 생각하면 한 가정이 몰락하는 전형적인 과정에 지나지 않았다. 급박한 효과음과 함께 돌아가는 영상 속에는 아마 이런 장면들이 담겨 있을 테다. 고가의 가구와 가전제품들을 이웃에 사정하다시피 매달려 헐값에 팔아 치우는, 친인척들에게 돈을 빌려 달라며 울먹이는 목소리로 전화를 하는, 아빠가 외삼촌, 고모, 이모 등에게 이미 돈을 빌린 사실을 알고 놀라는 장면들 따위가. 자막은 '부탁해, 어머나, 어쩜 좋아, 흑흑' 정도 달아 주면 충분하려나.

흔해 빠진 중산층 가정의 몰락 스토리이지만 옆집의 부부 싸움 내막이 교황의 성탄 메시지보다 더 궁금한 법. 그래서 왜 집도 없이 쫓겨난 거래, 궁금한 이들을 위해 17일의 시간 중에 딱 한 번 스톱 모션을 걸어야 할 곳을 추천하자면 아빠의 전화 후 사흘 뒤다.

72시간이 채 안 되는 동안 아빠가 망했다는 소식은 빠르게 퍼졌고 친인척들은 앞다퉈 손절을 알려 왔다. 선빈과 엄마가 믿을 사람은 오랫동안 집안일을 도와준 이모님밖에 없었고 미래의 현금 자산도 그 집으로 옮겨야 했다. 120호 대형 그림을 포함해 한정판 명품 백과 구두, 고가의 골프채 등을 옮긴 후 이사한 것처럼 기진맥진해져 중식을 시켜 먹을 때 이모님이 짜장면 양념 속에서 바퀴벌레라도 본 것처럼 소스라치게 놀란 얼굴로 물었다.

"선빈 엄마, 혹시 등기부 등본 떼어 본 적 있어요?"

'혹시'라는 질문에 '역시'라는 부사가 들어가지 않은 대답은 과연 얼마나 될까. 엄마는 인터넷 등기부 등본 열람을 통해 집이 이미 남의 손에 넘어간 사실을 확인했다. 불행 중 다행이라면 주인으로 등재된 이름 석 자가 엄마도 잘 아는 아빠의 절친이었다는 거다. 하지만 그날 밤 절친이란 이는 전화를 걸어 와 오래전부터 선빈이네가 월세로 살아왔으며 그마저도 일 년 넘게 밀려 보증금

조의 돈도 진작 떨어졌고 어서 집을 비워 달라고 수차례 얘기했다며, 사정은 딱하게 되었지만 보름 안에 나가 달라는 일방적 통보를 전했다.

선빈은 그 장면이 불행 대서사의 클라이맥스라 느꼈다. 이후로 벌어질 더 큰일들은 까맣게 모른 채.

그제 이사 들어왔다는 여자는 여전히 겁 먹은 얼굴이었다. 여자는 도어 록 버튼 소리에 놀라 핸드폰을 찾아 들고 112를 누르려 했지만 신축 건물이라 호수를 착각한 방문객일 수도 있겠다는 생각에 인터폰을 확인했고, 어수룩한 표정의 선빈과 엄마의 모습을 보고 문을 열었다고 했다.

엄마는 302호에서 나온 여자를 보면서도 바로 전날까지 만났던 공인 중개사를 티끌만큼도 의심하지 않았기에 단순 착오로 벌어진 일이라 판단했다. 자신은 정당하게 부동산을 통해 계약했다며 계약서를 내밀었고 급기야 302호 여자가 가져온 계약서에 쓰인 주인 이름이 다르다는 것을 확인했지만 엄마는 이 건물은 신축이라 시공사가 주인이라며 당신 계약서가 아무래도 위조된 것 같다고 조심스러운 말투로 302호 여자를 걱정했다. 하지만 잠시 후 확인을 위해 전화를 걸었을 때 엄마가 무한 신뢰했던 공인 중개사는 전화를 받지 않았다. 떠들썩한 소리에 나온 305호 남자가 엄마에게 딱한 눈빛을 보내며 혹시 분양 대행사 직원과 계약한 거 아니냐고 물었다. 이상한 직감을 느낀 엄마는 이삿짐 내리는 일을 스톱 시킨 후 경찰을 불렀고 그제야 305호 남자의 말이 모두 사실임을 알게 됐다.

"우리 사기당한 거야?"

아니야,라는 대답을 기대하며 물었지만 엄마는 설마 하는 표정으로 고개를 저었다. 엄마의 난감한 얼굴을 보면서 선빈은 불과 얼마 전 비슷한 질문을 했었다는 기억이 떠올랐다. 인생은 어찌 이리 전형적인지…….

엄마도 처음부터 덥석 미끼를 문 건 아니었다. 부동산 중개업자로 알았던 분양 대행사 직원은 엄마가 시세보다 싼 전세 이유를 묻자 신탁 등기라는 어려운 용어를 들먹이며 설명했단다. 엄마는 난생처음 듣는 용어에 주눅이 든 채 집중했지만 이해가 되지 않았고, 참새마켓에 올린 명품 백 세 개를 모두 사겠다는 통 큰 구매자와의 약속 시간이 임박해 마음이 급했다. 이렇게 간판까지 걸고 장사하는 곳에서 설마 사람을 속일까 하는 안일한 판단, 다른 곳보다 싼 전세가의 유혹, 급한 이사 날짜를 모두 만족시킨 조건에 엄마는 계약금을 건넸다.

눈치 백단 남자가 온갖 명품으로 휘두른 사람이 좁은 평수의 오피스텔 전세를 얻는 뻔한 사정을 눈치채고 미끼를 던진 것이다. 여기서 잠깐, 수십 편의 스릴러 영화를 본 마니아로서 도저히 한마디 안 할 수가 없다. 미학적 완성도를 위해서라도 여기서 끝나면 진짜 시시한 영화다. (그런데 현실이면 어쩔 거냐고!)

"혹시 잔금까지 미리 치르신 건 아니죠?"

왜 또 '혹시'라는 말이 나오는 걸까. 엄마는 공인중개사라고 저장된 번호로 계속 전화를 걸어 대느라 경찰의 질문에 제대로 대답을 못했다. 하지만 선빈은 영혼이 로그아웃된 듯한 엄마의 표정만으로 충분히 답을 들은 기분이었다.

이사 전날 남자는 은행 대출 관련해 신탁 등기를 풀어야 하는데 잔금을 미리 주실 수 있는지 조심스레 물어 왔고, 그렇게 해 주시면 복층 계단 아래 수납장을 서비스로 짜 드리겠다는 제안을 건넸다. 물론 엄마도 찜찜하긴 했단다. 하지만 남자가 안 하셔도 아무 상관 없다며, 자기라도 찜찜했을 거라며, 괜히 말씀드렸다고 민망해하자 엄마는 도리어 남자를 의심한 게 미안해졌다. 엄마의 머뭇거림을 눈치챈 남자는 다른 세대에 설치했다는 수납장 사진까지 보내 줬다. 사진 속의 수납장은 제법 쓸 만해 보였고 엄마는 24시간 남짓 남은 시간이 뭐 그리 문제가 될까 싶어 그 즉시 부동산으로 달려갔단다.

"아휴, 사모님 번거롭게 해 드려 어쩐대요. 내일 입주하는 집이 여럿이라 제가 온종일 일이 많아 부탁드린 거였는데 찜찜하시면 진짜 안 하셔도 돼요."

남자는 마지막까지 엄마를 만류하며 미안함과 고마움이 담긴 미소를 지었단다. 항공사 광고나 종교 잡지 표지 모델로 어울릴 미소였다나. 엄마는 그보다 더 선량한 미소를 그 후로도 본 적이 없었다고 했다. 그 미소를 보면서 어떻게 믿지 않을 수 있겠냐며 항변했다. 그래서 곧바로 잔금을 보냈고 계약서에 입금 확인 도장을 받았지만 엄마가 철썩 같이 믿었던 남자의 정체부터 빨간 도장이 쾅쾅 찍힌 서류 모두 가짜였다. 실로 완벽한 사기극의 전말이었다.

'신탁 등기' 전세 들어갈 때는 몇 배 더 조심해야

용어도 생소한 '신탁 등기'를 악용해 전세 보증금을 빼돌리는 사기가 잇따르고 있다. 신탁 등기를 이용한 전세 사기는 오랜 역사를 자랑하는 매우 고전적인 방식이지만 신탁이라는 용어 자체가 생소할 수 있고 부동산 지식이 어느 정도 있다 해도 신탁이 어떤 방식으로 이루어지며 소유권이나 임대 권한이 누구에게 있는지 정확히 알지 못하는 사람이 많아 자칫하면 눈 뜨고 코 베이는 식으로 당하기 쉽다.

서울에서 직장을 구한 A 씨는 계약 체결 과정에서 이상한 점을 발견했다. 부동산 등기부 등본에 소유자가 거래하는 집주인 B가 아닌 신탁 회사 C로 되어 있었기 때문이다. A 씨는 이에 대해 B 씨에게 문의했지만 B 씨는 '건물 관리를 C 사에 맡긴 것일 뿐 계약 상 아무런 문제가 없다'며 '추후 문제가 발생하면 책임을 지겠다'고 약속했다. 옆에 있던 부동산 중개인 역시 아무 문제가 없다며 자신하기에 A 씨는 전세 보증금을 이체한 뒤 계약을 체결했다. 하지만 1년이 채 안 되어 금융 회사로부터 현재 살고 있는 전셋집을 불법 점유하고 있다는 통보를 받게 됐고 몇 년간 모은 A 씨의 전 재산을 날릴 처지가 되었다.

부동산 거래 경험이 부족한 사회 초년생들이 선호하는 신규 오피스텔의 경우 신탁 등기 전세 사건이 더 빈번하게 일어나고 있다.

신규 오피스텔 전세 사기 사건을 수사 중인 경찰은 '대다수 피해자들이 비교적 저렴한 보증금의 집을 찾다가 이들의 말만 믿고 임대차 계약을 하여 피해를 보고 있는 것'이라고 밝혔다.

'신탁 등기'란 실소유자가 신탁 회사에 처분이나 관리, 담보 대출 등의 목적으로 위탁을 하고 등기를 하는 것이다. 신탁 등기 전세 사기의 경우 집의 소유권을 신탁 회사에 넘기고도 여전히 권한이 있는 것처럼 계약을 하고 전세금을 빼돌리는 방식이다.

부동산 전문가는 신탁 등기한 건물을 임대차하는 경우 계약 전에 건물 등기부 등본 외에 그에 따른 신탁원부까지 꼼꼼히 확인해야 하고, 신탁 회사와 계약을 체결하거나 신탁 회사의 동의를 얻은 후 계약을 진행해야 피해를 보지 않는다며 각별한 주의를 당부했다.

△△일보 고상범기자
sangtiger@△△.co.kr

경단녀의 현실

    사기 당한 이튿날 엄마는 이혼 서류에 도장을 찍었다. 남아 있는 돈이라도 지키려면 이 방법밖에 없다는 아빠 앞에서 차마 전날 벌어진 사기 사건을 말하지는 못했다.

    그날 아빠는 그동안 남의 돈으로 사업을 해 왔으며, 부동산 규제와 경기 침체로 몇 년 전부터 회사가 계속 적자 상태였고, 투자금도 회수하지 못할 상황에 처한 투자자가 자신을 사기 횡령죄로 고소했다는 걸 고백했다. 선빈은 깜짝 놀랐다. 그건 선빈이 알고 있던 아빠의 모습이 아니었다.

    아빠는 가난한 집안의 자식으로 태어났지만 열심히 공부해서 명문대에 들어갔고 대기업 취업 또한 수월히 통과했다. 양복을 입고 출근할 때마다 할머니는 아빠의 어깨를 두드리며 참으로 장하구나, 좋아하셨단다. 아빠의 고향 읍에서 그 정도로 출세한 사람은 아빠가 유일했단다. 없는 살림에 할아버지가 읍사무소 옆에 현수막을 걸 정도로.

"그 말이 그렇게 싫더라고. 장하다니? 그래 봤자 월급쟁이잖아. 네 형편엔 그 정도도 감지덕지하다는 말밖에 더 되냐고."

아빠는 직장을 다니면서도 밤에는 토막 잠을 자며 입시 과외를 했고, 가게 하나 얻을 보증금이 마련됐을 때 멋지게 사표를 던졌다. 물론 '멋지게' 사표를 던졌다는 건 오로지 후일담 속에서만 등장하는 표현일 뿐 퇴사 후 꽤 긴 시간 고생했다고 엄마가 알려 줬다. 어쨌든 아빠는 평범한 촌부였던 할아버지가 감히 만나지 못했던 읍장님이 독대를 요청해 고개를 조아리며 고향 발전 기금을 부탁할 만큼 성공했다. 그해 자랑스런 읍민상을 받을 정도로.

선빈이 알기로 아빠는 죽을 만큼 노력했고 그 노력의 대가를 쟁취한 자수성가의 표본이었다. 그랬는데 남의 돈이라니, 사기 횡령이라니…….

"그럼 이제껏 남의 돈으로 먹고살았단 얘기야?"

선빈의 질문에 엄마는 눈물이 그렁그렁한 채로 고개를 끄덕였다. 튼튼한 성이라고 믿었던 집이 늑대의 콧바람에 날아간 첫 번째 아기 돼지의 집보다 부실했던 것이다.

아기 돼지처럼 집을 날려 길바닥에 나앉게 생긴 모녀를 받아들인 이는 이모님이었다. 자존심 때문에 집으로 오라는 제안을 마다하고 모텔에서 머물렀지만 돈을 생각하면 오래 버틸 수도 없었다. 전세 사기로 날린 돈은 해지한 금융 자산, 팔아 치운 그림과 골프채, 주얼리, 명품 백의 값을 합친 그들의 전 재산이었다.

"꼴랑 이백만 원 가지고 며칠이나 있으려고 그랬어요? 염치가 밥 먹여 준답니까? 가난한 사람은 염치니 체면이니 잊고 살아야 돼요."

여행 가방과 밥솥 하나를 들고 들어온 모녀를 보자마자 이모님은 통박을 놓았다. 염치나 체면 같은 건 인간이라면 누구나 갖추는 기본 아이템인 줄 알았는데 그것도 아니었나 보다. 집도 절도 없는데 사모님은 무슨, 을 시작으로 이모님은 그것들이 아주 사람 제대로 봤다고, 얼씨구나 하면서 기어들어온 밥을 놓칠 리가 있겠냐며 아픈 상처에 소금을 뿌렸다. 원래도 말이 고운 편은 아니었지만 뼈 때리며 팩트 폭행을 하니 엄청 얄미웠다. 입장 바뀌었다고 이렇게 사람 무시하나 싶었지만 냉동실에서 꽝꽝 얼린 사골 국물까지 내어 끓여 준 저녁 밥상은 따뜻하고 포근했다. 선량한 미소 따위와는 비교할 수 없을 만큼.

이모님이 차려 준 저녁밥을 먹고 엄마는 설거지를 하겠다며 미적미적 일어섰지만 막상 물을 틀 생각도 없이 싱크대 주변을 둘러봤다. 식기세척기라도 찾는 눈치였는데 두 칸짜리 반지하 방에 언감생심 그런 것이 있을 턱이야. 사모님은 개뿔! 정신 차리시라고요. 선빈이 큼, 기침을 하고서야 부랴부랴 눈치를 챙긴 엄마가 설거지를 시작했다. 싱크대를 향해 서 있는 엄마의 등이 징글징글 주책맞아 보였다.

현관 옆 방에 이불을 깔고 누웠지만 잠이 오지 않았다. 모텔 방을 거쳐 이모님 집까지 계속 따라다닌 밥솥 보따리의 모습에 휴, 한숨부터 나왔다. 밥 안 굶은 걸 다행으로 여겨야 하나…….

56평 아파트, 도우미 이모님, 캐나다 유학, 한정판 운동화, 휴가 때마다 떠난 풀 빌라 해외여행……. 그 모든 것들이 하루아침에 없어질 거라고는 꿈에도 생각하지 않았다. 과거 유행했던 예능 모음 영상에 나오는 것처럼 지금이라도 숨어 있던 개그맨이 나타나 '이상 깜짝 카메라였습니다!' 하고 외칠 것만 같았다. 사람 황당하게 만들어 놓고 깜짝 카메라였다는 한마디로 퉁 치면 상황 종료되는 코미디처럼 아침에 일어나면 모든 것이 원래대로 돌아온다고 믿고 싶었다.

부스럭거리는 소리에 눈을 떴는데 엄마가 골프 웨어를 차려입은 채 선빈을 내려다보고 있었다. 그럼 그렇지, 전부 꿈이었잖아, 싶던 순간 주변 풍경이 지나치게 이모님 집이었다. 등교 시간도 훨씬 지난 뒤였다.

"일부러 안 깨웠어. 학교에도 아프다고 연락했어. 엄마가 일만 구하면 다 해결되니까 며칠만 더 고생하자."

엄마의 확신에 찬 얼굴 때문에 선빈도 며칠이면 다 해결된다는 건가, 희망을 품었다. 결국 해결은 안 됐지만 말 그대로 며칠이 걸리긴 했다. 수도권 4년제 대학 졸업에, 필라테스와 개인 운동 교습으로 단련된 건강한 몸, 거기에 아주 가끔 삼십 대로 본 사람도 있다는 자신감으로 구직 활동을 시작한 엄마는 불과 며칠 만에 의지가 꺾이고 말았다. 우리 사회에는 수도권 4년제 졸업에 건강한 몸을 가진 젊은이들도 넘쳐 났다. 군이 삼십 대로 보이는 사십 대를 쓸 필요까지도 없이.

술자리도 3차 이상은 가 본 적이 없다는 엄마는 4차 산업 시대의 취업 관문을 뚫을 무기가 하나도 없었다. 녹슨 칼 한 자루조차도. 메타버스나 코딩은 엄마에게 번역조차 불가능한 외국어 같았다.

"선빈 엄마처럼 직장을 오래 쉰 여자를 부르는 말이 있던데. 거 뭐야, 절단녀라고 부르던가. 아무튼 이제 과거의 일은 딱 절단 내고 눈높이를 낮춰요."

절단녀라니. 잘 벼린 가위로 뭔가가 싹둑 잘린 느낌이었다. 그게 한때는 잘나갔다고 외치는 엄마의 경력이든, 아빠로부터 넉넉하게 받았던 생활비든, 아스라이 멀어지는 잘살았던 과거든 간에.

이모님 말이 아니더라도 엄마는 눈높이를 낮춰 직업을 구하고 있었다고 한다. 그럼에도 취업이 쉽지 않아서 문제였을 뿐.

"오래 서 있는 것도 자신 있고 출납기도 금방 익힐 수 있는데 뭐가 마음에 안 든다는 건지……."

대형 마트 계산원 자리에 지원했다가 떨어졌을 때는 엄마도 꽤 놀란 눈치였다.

"그 차림으로 면접 보고 온 거예요?"

이모님은 엄마의 옷차림을 못마땅하다는 듯 바라봤다. 선빈의 생각에도 니트 카디건과 슬랙스 차림에, 하이힐을 신고 명품 백까지 든, 허영기 넘쳐 보이는 구직자에게 계산을 맡길 마트 주인은 흔치 않아 보였다. 백화점 식품관 매장 관리직도, 방과 후 돌봄교실 보조 교사도, 어린이집 주방 도우미 일도 모두 거절당하고온 날 엄마는 결국 눈물을 흘렸다.

결과적으로 엄마가 어떤 직업을 가졌는지 궁금한 이들이 많을 텐데 그 전에 잠깐 질문을 바꾸고 싶다. 여행 관련 잡지 에디터였던 여자가 13년의 경력 단절 후 가질 수 있는 직업은 뭐가 있을까? 여기서 고용주의 눈길을 끄는 건 잡지 에디터가 아니라 13년의 경력 단절일 테다. 그러니 이 문제는 철저하게 주관식일 수밖에 없지만 엄마가 찾은 답은 가사 도우미였다. 어머나 세상에, 하고 깜짝 놀랄 일은 아니었다.

자격증은 운전면허증 달랑 하나, 경력이라고는 다년간의 신상쇼핑 노하우와 미미한 역할로 참여한 주부 극단 연극 몇 편이 전부인 45세 여자가 가질 수 있는 직업은 많지 않았다. 그렇지만 엄마가 현실에 대한 냉엄한 자각으로 직업을 택한 건 아니었다. '선택'도 물리적인 시간과 경제적 여유가 있을 때에만 가능한 일이었다. 엄마는 까치발로 벼랑 끝에 서 있는 듯한 절박함과 턱밑까지 차오른 경제적 압박에 밀려 직업을 선택했을 뿐이었다.

"마침 아는 이가 일을 그만둔다니 그 자리에 선빈 엄마가 들어가요. 노부부뿐이라 일할 것도 별로 없대. 성가시게 구는 다른 가족 없는 것만도 큰 복이라우. 그이도 손주 봐 주는 일 아니면 계속했을 거랬어요. 업체 소개로 가면 수수료 떼고 몇 푼 남지도 않는데 그런 거 없으니 좋은 기회예요."

원래는 자신이 가려던 자리였다며 이모님은 선심 쓰듯 말했다.

"실은 그 집에서도 선빈 엄마보다는 나를 더 원했는데 내가 겨우 겨우 사정한 거라우. 이 바닥도 경험이 있어야 일을 얻을 수 있어요. 그러니 일단 한번 가 봐요."

지금 찬밥 더운밥 가릴 처지가 아니라는 이모님 말에 마지못해 고개를 끄덕였지만 얼굴은 구겨진 채였다. '아무리 그래도 어떻게 이런 일까지' 하는 놀라움에, 이모님에게도 밀렸다는 생각까지 추가되어 자존심이 많이 상한 표정이었다. 엄마가 결심을 굳힌 건 우스운 경쟁심 때문이었는지도 모르겠다.

"경험 삼아 한번 해 볼까 봐. 젊은 사람 밑에서 일하는 것보다 나을지도 모르고."

그 조건이 손톱만큼 남아 있는 엄마의 자존심이었다. 돈 많이 벌어 올게, 당당히 인사하고 나갔지만 처음 일을 하고 돌아온 날 엄마는 훌쩍거리며 밤새 잠을 설쳤다. 예상보다 더 마음을 많이

다친 모양이었다. 다음 날 엄마는 퉁퉁 부어오른 눈으로 이모님에게 도저히 이 일은 못 할 것 같다는 소식을 전했다.

"처음 소개한 집 부부가 갑자기 막내딸 집으로 들어가게 됐다 들었어요. 그래서 이웃집 노인한테 소개했다고 들었는데……. 왜, 사람이 까다로워요? 영 아니에요?"

이모님이 물어도 엄마는 대답도 없이 그냥 죄송하다는 말만 했다. 이모님은 실망하는 눈빛을 애써 감췄지만 선빈은 하루 만에 일을 그만두는 엄마가 한심하다는 생각을 지울 수 없었다. 집도 절도 없는 처지에 어떻게 저럴 수 있는지…….

선빈의 생각을 알면서도 엄마는 아무것도 모르는 척 구직 사이트를 뒤지고, 전화를 돌리고, 이력서를 쓰고, 옷을 차려입고, 일을 구하러 다녔다. 열심히 노력하는 이들에게 해피 엔딩이 존재한다면 이 나라가 헬 조선이라 불리지는 않았을 테다. 엄마 역시 밤마다 훌쩍이며 한숨을 쉬었지만 결국은 다시 원래 소개받았던 가사 도우미 자리로 일을 나갔다. 현실의 벽 앞에서 자존심은 구겨 넣은 거였다. 물론 그 결정엔 중요한 변수가 하나 작용했다.

"아들이 지방으로 일하러 가면서 방이 비었던 터라 오래 있어도 된다 했던 건데, 이번에 공장이 문을 닫았대요. 다시 여기 들어와야 할 것 같은데 미안해서 어쩌죠?"

맘껏 있으라 한 말을 뒤집은 것 때문에 이모님은 미안해했지만 그럴 일은 아니었다. 원래의 주인이 돌아오는 것일 뿐.

길게 고민하고 망설였던 것과는 달리 엄마는 의외로 금방 적응했다. 취미 삼아 요리 교실에 오래 다닌 건 선빈도 알고 있었고, 이모님도 엄마가 손이 느리긴 해도 손맛이 좋다고 말했지만 쉽게 믿지 못했는데 사실인 모양이었다.

"엄마 진짜 잘하고 있으니까 걱정하지 마. 집 알아보고 있다니까 이참에 가까이 이사하라고 성화셔."

그 말이 나온 직후 이사가 결정됐다. '가까이' 이사 간다는 말은 했지만 그렇게 가까이 가리라고는 짐작도 못 했다.

"그 집 지하로 간다고?"

머쓱해하던 엄마는 일종의 스카우트 같은 거라고 말했다. 멀어진 통학 거리에 전학을 가야 한다며 걱정했지만 선빈은 반대하지 않았다. 새로운 곳에서 새 시작을 하고 싶었다.

전경모(전국 경단녀 모임) 카페

통합 자유 게시판-질문

[뭘 준비해야 할까요?]

닥치고 취업 (20XX.03.26. 21:30)

경단녀 재취업 어떻게 준비하는 게 좋을까요? 저는 40대(쑥스럽지만 30대로 보는 사람도 종종 있어요.)입니다. 경단녀 재취업 알아보고 있는데 어떤 것이 괜찮을지 추천받고 싶어요. 이전에 잡지 에디터를 하다가 일을 쉰지는 13년(ㅠㅠ) 정도 되어 가는데 새로운 것을 도전하기가 어렵네요. 보통 어떤 것을 많이 준비하시나요?

└ 경단녀의 신 (20XX.03.26. 22:41)

안녕하세요. 경단녀 재취업 질문에 답변 드립니다.

요즘 나이와 상관없이 많은 분들이 노후 준비와 재취업을 위해 도전하고 있습니다.

경단녀 재취업을 준비하고자 하신다면 사회 복지사 과정, 바리스타 과정, 간호조무사 과정 등을 추천드립니다. 모두 재취업이나 노후 준비에 적합한 미래 유망직이라 감히 말씀드립니다.

저희 학원에서는 경단녀 전문 사관 학교로 불릴 만큼 경단녀 분들의 많은 취업 성공 사례를 갖고 있습니다.

　바쁘시겠지만 한번 방문해 주시면 자세한 상담을 통해 개인별 맞춤 교육 과정과 취업 성공 사례를 알려 드리겠습니다.

　전화번호는 010 - XXXX-XXXX입니다.

　└ **앵그리 공주** (20XX.03.27. 07:13)

　위 소개 글에 속지 마세요. 저도 저 학원 갔는데 허드렛일 소개하면서 소개 비만 비싸게 받았어요. 경단녀 두 번 울리는 나쁜 XX들⋯ ㅠㅠ

0.5층

"여기가 집이라고?"

손가락으로 가리키면서도 믿기지 않았다. 반지하로 이사 간다는 엄마의 말이 틀리진 않았다. 다만 인간은 경험치 안에서만 상상할 수 있다더니 반지하라는 말을 듣고도 전날까지 묵었던 이모님 집 형태를 생각했을 뿐이다. 방과 욕실, 주방이 있는 평범한 구조.

선빈은 밥솥을 싼 보자기를 내려놓고 집을 둘러봤다. 한 달 가까이 맡겼던 이삿짐이 놓인 곳은 아무리 좋게 봐도 집의 형태가 아니었다. 골목길을 향해 나 있는 새시형 출입문이 지상보다 한 걸음쯤 아래였으니 반지하 구조는 맞았다. 출입문 왼쪽으로는 문의 절반 정도 높이로 창문이 자리했고 출입문을 열고 들어가면 휑한 시멘트 바닥의 공간이 나왔다. 그리고 그 끝에 방 한 칸과 화장실이 나란히 붙어 있었다. 주방도 출입구인 문 옆으로 수도와 싱크대가 놓인 게 다였다.

이삿짐 나르는 아저씨들을 피해 다시 골목으로 나온 선빈은 몇 걸음 떨어져서 집의 전체적인 구조를 살폈다. 주인이 살고 있다는 주택은 지상에서 계단 몇 개를 올라가야 나오는 1.5층이었고 앞으로 선빈이 살게 될 곳은 아무리 봐도 그 집의 지하실이었다. 1.5층에서 한층 내려온 0.5층의 반지하 공간. 둘러보니 옆집도 똑같은 구조였다. 다만 옆집 지하엔 머리 염색 방이 영업 중이었다. 새시 출입문에 머리 염색 14,900원이란 홍보용 포스터도 붙어 있었다.

아하, 비로소 이해가 됐다. 그러니까 선빈네를 비롯한 몇 개의 집은 벽을 허물어 마당을 주차 공간으로 쓰면서 주택의 지하실 내지는 주차장이었던 곳을 개조해 가게로 임대를 한 형태였다. 선빈의 집 출입문에도 광고 스티커를 뜯어낸 듯 끈적이는 흔적이 남아 있었다. 출입문을 열면 만나는 시멘트 공간도 가게의 홀 자리였다. 선빈의 짐작을 증명하듯 출입문 벽에 작게 낙서가 보였다. '맛나 떡볶이 개맛있어.' 맛나 떡볶이 자리였구나. 아무리 돈이 없어도 그렇지 어떻게 이런 집을? 보고 있을수록 어이가 없었다.

그때였다. 어느 틈에 선빈 옆으로 다가온 할머니가 대뜸 말을 걸었다. 풍성한 백발에 빨간 나비 모양 안경을 코에 걸친 할머니였다. 흘낏 봤는데도 포스가 장난이 아니었다. 영화 「악마는 프라

다를 입는다」 속 지랄 맞은 편집장 메릴 스트리프의 조선판 버전이라고 할까.

"천만 원짜리 전세가 이 정도면 훌륭하지. 엎드려 절을 받아도 시원찮을 판이구먼. 도대체 뭐가 맘에 안 들어 입이 댓 발 나왔어?"

물음표가 들어가 있을 뿐 질문이 아니라 호통이었다. 누구세요, 물어보려 했지만 선빈도 모르는 구체적인 전세금을 아는 것부터 엎드려 절을 받아야 한다고 말하는 걸 보면 혹시? 인정하기 싫지만 선빈은 본능적으로 백발 할머니의 정체를 알아차렸다. 집주인! 잘 보여야 될 것 같은 느낌은 왜 드는 거냐고. 안녕하세요, 선빈은 자본주의적 미소를 지으며 예의 바르게 인사를 건넸다. 저는 비록 안녕하지 못합니다만······.

"듣자 하니 가타부타 따질 처지도 아니더구먼. 속 끓이지 말고 받아들여. 세상엔 원하지 않아도 받아들여야 할 일들이 있어."

할머니는 선빈의 인사를 본척만척 자신의 말만 했다. 그러더니 지팡이를 짚으며 홀연히 사라졌다. 가는 말이 고와야 오는 말이, 아니지 가는 인사 있으면 오는 인사 있어야 하는 것 아니냐고. 이런 기본 매너조차 지키지 않는다는 건 철저히 세입자를 무시하는 태도였다. 그렇다면 이것은 집주인의 갑질? 지팡이에 한 대 맞은 것마냥 정신이 얼얼했다. 처지를 들먹이는 걸 보면 선빈네 사정도 다 아는 눈치였다. 도대체 엄마는 어디까지 얘기한 거람. 시시콜콜 밝혀 좋을 게 뭐가 있다고. 선빈은 범상치 않은 오지라퍼의 뒷모습을 눈이 시리도록 노려봤다.

이삿짐센터 직원들이 간 뒤에도 집은 엉망이었다. 이삿짐을 싸고 푸는 거라면 이골이 났다는 베테랑 직원조차 엉성한 집 구조와 중구난방 물건들에 엄두가 안 난다며 두 손을 들었다. 이대로 가면 어떡하냐며 따질 수도 없었다. 풀 옵션 오피스텔 이사 계획 때문에 정작 필요한 가전제품은 없고, 아까워 팔지 못한 물건들은 넘쳐 나는데 수납공간은 턱없이 부족했다. 애초에 정리가 불가능한 상태였다.

이삿짐센터에서 한 일이라곤 선빈이 쓰던 침대를 방에 들이고 부피 때문에 방으로 들어가지 못한 옷장을 차마 거실이라 할 수 없는 홀 한쪽에 세운 게 다였다. 드레스 룸에 있을 때는 찰떡같이 어울렸던 빅토리아풍 옷장이 시멘트 바닥에 놓이니 이복 언니들에게 구박받는 신데렐라 처지와 다를 바 없었다. 여기저기 짐을 부려 놓은 이삿짐센터 직원들은 미안하다는 말과는 달리 돈은 제대로 다 받아 갔다.

급한 대로 홀 가운데 비닐을 깔고 정리되지 않은 짐들을 풀었다. 세탁소 비닐에 싸인 옷가지와 짝도 안 맞게 산처럼 쌓인 신발, 흩어진 계절별 침구, 이삿짐 보관하는 동안 익을 대로 익어 폭발 직전인 김치 통, 화려한 네임 태그가 달린 여행 가방……. 거대한 쓰레기 더미처럼 보이는, 한숨밖에 안 나오는 광경 속에서 엄마는 짐 가운데로 들어가더니 뭔가를 끄집어냈다.

"심 봤다!"

설마 산삼까지?는 아니었다. 엄마의 손에 들린 건 세탁소 투명 비닐로 싸인 옷이었다. 오피스텔 전세금을 마련할 때 줄곧 옷장을 뒤지며 찾았던 모피 코트.

"그렇게 찾아도 없더니 여기 있었네. 당장 참새마켓에 올려야겠다. 이거 하나만 팔아도 중고 냉장고랑 세탁기 살 돈이 나올걸."

엄마는 험준한 산중에서 산삼을 발견한 심마니처럼 활짝 웃었다. 이 와중에 저 해맑은 웃음이라니 진정한 정신 승리였다. 엄마의 해맑음이 어이없었지만 선빈도 피식 웃음이 새어 나왔다. 현금 가능 자산을 찾았는데 울 수는 없으니까.

"이 집에 그 잔이 어울릴 거 같아? 당장 팔아."

"너도 한정판 운동화 안 판다며? 엄마의 유일한 사치가 커피야. 이건 못 팔아."

직구로 어렵게 구한 신발이라서, 오픈 런으로 산 옷이라서, 가장 애정했던 가방이라서, 못 버릴 이유는 차고 넘쳤고 며칠을 정리해도 짐은 줄어들지 않았다. 홀 가운데 산처럼 쌓인 물건들만큼이나 버리기 어려운 것이 또 있었으니 그건 바로 취향이었다.

"여기야 말로 실력이 발휘될 곳이지. 완전 백지상태잖아."

한때 대학 부설 평생 교육원에서 강좌를 수강할 정도로 인테리어에 관심이 많던 엄마는 모던함을 기본으로 하면서 빈티지를 포인트로 주는 인테리어를 좋아했다. 빈티지 전등, 빈티지 서랍장, 빈티지 촛대……. 엄마가 사들였던 빈티지 소품들은 모두 과거의 것들이었다. 새 집 — 이라 부르기도 민망하지만 — 에도 오래된 것들이 많았다. 월세를 받겠다는 자본주의적 열망을 숨기지 않고 보여 주는 집의 구조며, 믿기지 않지만 어느 한 시절 인테리어 포인트 색으로 유행했던 옥빛 세면대, 꽃길만 걸으라는 의미로 붙였을 거라 믿고 싶은 싱크대의 꽃무늬 시트지까지 모두 지나칠 만큼 정직하게 과거의 시간이 묻어나고 있었다. 문제는 그 모든 것들이 빈티지가 되지 못하고 빈티만 줄줄 흐른다는 거였다. 그래서 시멘트 홀 가운데 놓인 크림색의 빅토리아풍 옷장도, 시트지가 너덜거리는 싱크대 안에 놓인 화려한 색깔의 로열 코펜하겐 커피 잔도 진품의 여부를 묻지 않아도 될 만큼 완벽한 짝퉁같아 보였다.

침대와 옷장 위치를 바꾸는 등 애는 많이 썼지만 엄마의 인테리어 취향은 며칠 지나지 않아서 폐기됐다.

"일단 집어넣고 남는 건 팔자."

그게 가게인 듯 가정집인 듯한 정체불명의 공간에 맞는 인테리어였고 효율적인 방법이었다.

염치와 체면에 더해 취향까지도 결국 경제적 문제였다. 아빠가 그렇게 좋아했던 돈이 있어야 가능한.

아빠는 안하무인으로 살기 위해서 성공했다고 했다. 고상하게 표현할 다른 단어도 있을 텐데, 안하무인이라니! 너무나 아빠다운 표현이었다. 눈살을 찌푸리는 선빈을 보면서도 아빠는 아랑곳없이 자신의 철학을 설명했다.

"돈만 많으면 신경 쓸 일이 하나 없거든. 왜냐? 누구든 나한테 전부 맞춰 주니까."

재수 없는 얘기였지만 묘하게 설득되는 말이었는데 정작 그 말이 꽤 현실적이란 건 가난해지면서 알게 됐다. 하지만 아빠도 이건 모르지 않았을까. '가난'이 명사가 아니라 동사라는 걸. 가난은 모든 불편한 상황들에 적응하는 지난한 과정을 뜻했으니까. 그럼에도 불구하고, 인간은 적응의 동물이었다. 빛이 안 들어와서 방에 들어갈 때마다 불을 먼저 켜야 하는 것도, 옷이라도 갈아입으려면 신발을 신고 홀까지 나와 꺼내야 하는 것도, 세면대 수전에서 뽑은 샤워기로 불편하게 씻는 것도 잘 적응했지만…… 사람에 대한 것만은 쉽지 않았다.

위층 주인 할머니는 — 세상에, 주인이란 말이 이리 쉽게 나오다니 — 사사건건 시비를 걸었다. 최대한 마주치지 않도록 조심했지만 문만 열면 곧바로 골목길이고 할머니는 비가 오나 눈이 오나 옆집 염색 방 출입문 앞 플라스틱 의자에 앉아 있었다. 그러니 골목길 지박령을 어찌 피할 수 있을까.

"해가 중천에 있는데 머리 꼬라지하고는. 잘하면 까치가 알도 낳겠네, 쯧쯧!"

"나이가 몇 갠데 재활용 쓰레기 하나 버릴 줄 몰라서. 아이고, 속 터져."

"나 때는 아무리 공부하고 싶어도 형편이 안 좋아 못 했다. 뭐가 부족해서 날마다 빈둥대는지, 원."

"아무것도 안 하면서 학교도 안 다닌다고? 참말로 별일일세. 하여튼 요즘 애들은 아무 쓸모가 없다니까."

"방황 같은 소리 하네. 호강에 겨워 저러지. 나 때는 손이 닳도록 일만 했는데."

할머니의 '나 때' 공격은 불시에 이어졌다. 그때마다 선빈은 고개만 내밀었을 뿐인데 가차 없이 망치 세례를 받는 게임 속의 두더지가 된 기분이 들었다. 다시 목을 집어넣고 어두컴컴한 집으로 도망칠 때마다 갑질 할머니를 향해 복수의 칼날……을 갈고 싶었지만 이만 빠드득 갈았다.

몇 년간 선빈은 유학을 준비하며 살았고 그것말고 다른 길은 생각조차 해 보지 않았다. 그랬는데 하루아침에 목표가 사라져 버렸다. 목적지도 모른 채 낯선 이국의 공항에 덜렁 혼자 남은 것 같았다. 돌아가야 할지, 다른 길을 찾을지 선빈은 헤매고 있었다.

이런 핑계를 줄줄이 말하고 싶은 마음은 없었지만 고스란히 잔소리 폭탄을 맞고 싶지도 않았다. 할머니의 '나 때' 안 궁금하다고요. 때가 어느 땐데 아직도 고리타분한 얘기만 하냐고요!

"선빈아, 무슨 일이건 마냥 참으면 안 돼. 커피도 열두 잔 마시면 한 잔은 공짜잖아. 사람인데 그보단 나아야지. 그러니까 열 번 참으면 한 번은 들이받아. 열 번이면 그럴 자격 충분해."

농담처럼 건넸던 아빠의 말대로 열 번 참고 들었기에 선빈도 반격했다.

"할머니, 저에 대해 뭐 아세요? 저도 어떻게 살아야 할지 머리 터지게 고민하고 있거든요. 그리고 세 들어 산다고 사람 무시하나 본데 제 인격까지 빌린 건 아니거든요."

전세 사기로 전 재산을 홀랑 날렸던 터라 이모님에게 빌린 돈으로 겨우 얻은 집이라고 들었다. 게다가 엄마가 일하고 있는 집의 주인 할머니였다. 여기서 쫓겨나면 길바닥으로 나앉을 판이었다. 무엇보다 할 말 다 하면서 안하무인으로 살 수 없는 형편이었다. 그런데도 그만 옛날 버릇이 나왔다. 뱉어 내고 나서야 밀려오는 후회로 입술을 깨물었다. 어떤 일이 벌어질까 긴장하고 있는데…… 할머니가 피식 웃었다.

"그렇게 따박따박 말 잘하는 애가 집구석에서만 있어 되겠어?"

엄청 혼날 줄 알았는데 의외로 싱겁게 끝났다. 이건 뭐지, 전략적 후퇴? 지팡이를 짚고 걸어가는 모습을 지켜보는데 할머니가 고개를 홱 돌렸다.

"비웃기만 해 봐, 아주 혼쭐을 내 줄 테니까. 나도 예전엔 날아다녔어."

갑자기 뭔 소리람 했는데 뒷모습을 보며 깨달았다. 걸을 때마다 어깨가 흔들린다 싶었는데 자세히 보니 한쪽 다리가 불편했다.

"원래 노인들은 옛날 얘기 많이 해. 한 귀로 흘려들으면 될 걸 뭘 그렇게 신경을 써. 그리고 라떼 여사가 뭐야. 그러다 들을라."

별명 좀 부르는 게 뭐 어때서. 안 들리게 조심하면 되지. 재활용 쓰레기장 앞에서 한바탕했다는 얘길 듣고도 엄마는 위층 라떼 여사를 감쌌다. 하여튼 아무나 좋다고 하니 사기를 당하지, 했는데 그 나름의 이유가 있었다.

"염색 방 사장님이 그러는데 여기도 수리해서 월세 놓을 생각이었대. 그걸 우리한테 준 거고."

엄마는 라떼 여사 사정도 잘 알고 있었다. 남편과는 오래 전에 사별했고 큰딸은 사위의 해외 주재원 발령으로 따라 나가 있고 아들은 몇 해 전에 암으로 사망했다고. 아들 사망 후 그 충격으로 쓰러져 편마비가 왔고 지금은 많이 회복된 거라고, 외국에 나간 딸이 혼자 있는 엄마를 걱정해서 가사 도우미를 쓰는 거라는 얘기를 전할 땐 안타까운 얼굴이었다. 언제 라떼 여사와 집안 속사정까지 다 얘기할 정도로 친해졌을까. 하긴 엄마도 누구 못지않은 오지라퍼였다.

"그리고 틀린 말도 아니잖아. 뾰족한 대안이 있는 거 아니면 학교 다녀야지. 공부 못 따라가도 괜찮아. 그냥 학교에서 수업 듣고 친구 사귀는 것도 큰 공부야."

엄마가 선빈의 아픈 곳을 콕 찔렀다. 비싼 과외 선생님들 덕분에 근근이 성적을 유지했었다. 앞으로 과외는커녕 학원도 못 다닐 테니 선빈이 받을 성적이야 뻔했다. 성적만이 아니라 대학도 갈 수 있을지 모르는 상황에서 학교 다니는 것이 무슨 의미가 있을까 싶었다.

무엇보다 선빈은 초라한 모습을 들키고 싶지 않았다. 성적부터 외모까지 특별한 건 하나도 없었지만 선빈은 스스로 고고했다. 아이들이 흘깃거리는 한정판 운동화가, 국내에 입고되지 않은 지갑이, 고가의 백팩이 선빈의 고개를 빳빳하게 만들어 줬다는 걸 잘 알고 있었다. 하지만 아이들은 부유함의 향기보다 궁핍함의 냄새를 더 빠르게 맡는 족속들이었다. 선빈은 자신을 감싸 줬던 무기를 모두 잃어버린 채 전장으로 걸어 들어갈 용기가 없었다.

"당장 너한테 뭘 해 주겠단 약속은 못 하겠어. 그래도 지금보다 조금씩은 나아질 거야. 어머니가 소개해 줘서 이틀씩은 다른 집 일도 하게 됐어."

엄마는 라떼 여사를 어머니라 불렀다. 피 한 방울 안 섞였는데 어머니는 무슨. 저번에는 질기다더니 이번엔 무르다더라며 나물

반찬 하나에도 얼마나 까탈을 부리는지 모르겠다고 흉도 봤으면
서. 하긴 난생처음 본 음식점 사장님에게도 이모라고 부르는 관
계 지향적 대한민국에서 일하는 집 사모님을 어머니라고 부르는
거야 특별한 일도 아니었다.

"새로 일하는 집엔 어머니 없어? 있으면 두 어머니를 어떻게 모
시려고? 효녀 심청이 울고 가겠네."

선빈의 농담에 엄마는 키득거리더니 그 집은 젊은 신혼부부라
며 아직까지 어머니는 한 명이라고 손가락 하나를 치켜들었다.
신혼부부는 엄마를 뭐라 부를까. 선빈이 그랬던 것처럼 이모라고
부를까. 피 안 섞인 친인척들만 늘어나는 이 상황이 아무렇지 않
은지 엄마는 늘어날 수입을 생각하면 밥 안 먹어도 배가 부르다
고 씨익 웃었다. 저 뿌듯한 웃음이라니. 전세 사기 이후 불과 한
달 남짓밖에 안 지났는데 엄마는 뭔가 달라져 있었다. 반질반질
하고 단단한 조약돌 같았다.

엄마가 변한 것에 비해 선빈은 아직도 아빠의 전화를 받았던
그 순간에 머물러 있는 것 같았다. 이 모든 것이 꿈이었으면, 언제
든 아빠가 돌아와 상황을 반전시켜 줬으면 하는 헛된 바람이 마
음 깊은 곳에 숨어 있었다.

빈둥 소녀의 탄생

똑, 똑, 똑, 똑. 싱크대 수도꼭지에서 물방울이 떨어졌다. 손잡이
가 고장 났는지 끝까지 잠가도 물방울 소리가 계속 들렸다. 시간
도 저렇게 떨어졌으면…….

학교를 안 가니 시간이 남아돌았다. 익숙지 않은 동네라 밖에
나가도 갈 곳이 없었고 만날 친구도 없었다. 어두컴컴한 지하 방
에서 빈둥거려도 하루가 끝나지 않았다. 24시간이 이렇게 길었던
가 싶을 만큼 지루하고 지루했다. 무언가를 할 생각은 전혀 없었
지만 지루하지 않게 시간을 낭비하고 싶었다.

시간을 낭비하는 방법을 찾아봤다. 인터넷만 뒤지면 금방 그 답
을 찾을 거라 생각했는데 아니었다.

'시간을 낭비하지 않는 법(시간 활용 자세)'

'제발 인생 좀 낭비하지 마세요'

'효율적인 시간 사용법'

'주 52시간 근무제에 맞춰 시간 낭비를 줄이는 법'

시간 낭비를 죄악시하는 분위기였다. 학교를 다니면서 알바를 하고, 거기에 공부도 열심히 하는 모습을 사진과 함께 세세하게 기록한 블로그도 있었고 매일 하루의 목표를 적고 달성률을 밝히며 후회와 반성의 후기를 올리는 카페도 있었다. 몇 시간이고 앉아서 공부하는 걸 찍은 영상도, 해도 뜨지 않은 새벽 한강을 뛰는 러닝 모임도 쉽게 찾을 수 있었다.

왜들 이렇게 열심히 사는 걸까. 누구에게나 똑같이 주어지는 시간인데 왜 남들보다 열심히 살지 못해 안달을 하는 걸까. 잠을 줄여 가며, 코피 터져 가며, 자존심 구겨 가며, 허리띠 졸라매 가며, 배고픔을 참아 가며 최선을 다해 사는 사람들은 많아도 성공하고 출세한 사람은 쉽게 찾을 수도 없건만. 도대체 왜들 그러서요? 진심으로 묻고 싶었다.

눈가에 파스를 바르며 공부해 명문대를 졸업하고, 대기업을 거쳐 사업마저 성공했던 아빠도 결국은 망했다. 읍 도서관에 수천 권의 도서를 기증하고 불우한 환경의 학생들에게 장학금을 지급하며 타의 모범이 됐던, 자랑스런 읍민상을 받았던 사람도 실패했고 끝내 범죄자가 됐다.

꽃다발을 들고 자랑스런 읍민상 시상식에 왔던 장학금 수령 학생들은 아빠의 소식에 무슨 생각을 할까. 겨우 세 번 만났을 뿐인데 오랜 지인처럼 친밀감을 과시하던, 개천에서 용 난다는 말이 한낱 속담이 아님을 우리 오 선생님을 통해 배웠으면 좋겠다고 연설했던 읍장님은 자신의 행동을 얼마나 쪽팔려 할까. 열심히 산 아빠의 인생이, 그 대가로 인한 성공이 결국은 많은 이들에게 상처와 실망감을 선물했다. 그러니까 쓰라린 좌절과 치명적인 실패는 열심히 산 사람들에게만 찾아오는 법이었다. 설렁설렁 대충 산 사람들에게는 좌절도 실패도 작을 수밖에 없을 테니까. 받아들이기도 쉬울 테니까. 자수성가형 인간의 처참한 실패 과정을 목격한 선빈은 절대로 열심히 살고 싶지 않았다.

그래요, 다들 열심히 사세요. 저는 방탕하게 시간 낭비하고 살렵니다. 열심히 사는 인간들의 모습에 짜증이 난 선빈은 인터넷을 끄려다 한 블로그 글을 보게 됐다.

시간을 낭비하지 않는 방법

1. 마음을 다스린다.
   지나간 일을 후회하거나 자신을 혹은 타인을 미워하지 않는다.
2. 자신의 문제에 집중한다.
   타인의 시선과 말에 상처받지 않고 자신의 일만 한다.
3. 쓸모 있는 일을 한다.

미래의 발전과 관련된 생산성 있는 일을 한다.

4. 시간을 우선으로 일의 가치를 정한다.

꼭 필요한 경우가 아니라면 타인의 부탁을 거절한다.

취업 준비생인 블로그 주인은 SNS 하지 않기, OTT 영상물 보지 않기, 쇼핑하지 않기 등 절대로 피해야 할 행동도 적어 놓았다. 블로그에 정답이 있었다. 그러니까 블로거가 적어 놓은 것의 반대로 행동하면 시간을 낭비할 수 있을 테다.

모든 상황을 망가뜨린 아빠에 대한 원망과 실망으로 널뛰는 마음이 있으니 1번은 가볍게 통과. 2번은 아직 중요한 문제를 생각해 보지 않았기에 패스했고 3번과 4번 역시 어렵지 않게 잘 할 자신이 있었다. 일단 블로거가 절대로 피하라 했던 행동을 바로 시작했다.

블로그 만들기! 블로그 이름을 만들기 위해 열심히 살지 않는 사람을 지칭하는 용어를 찾아봤는데 딱 들어맞는 게 없었다. 제일 흔한 단어로 게으름뱅이가 있는데 단어에서 풍기는 느낌이 어쩌다 보니 느려지고 게을러진 사람을 지칭하는 듯했다. 선빈은 의식적으로 열심히 살지 않을 생각이라 게으름뱅이와는 차별화가 필요했다. 비슷한 말로 '완낭'이 있었는데 뜻은 게으름뱅이와 같고 한자라는 차이만 있어 그것도 패스. 그 외 굼벵이, 나무늘보, 느림보라는 대체어를 찾았지만 세 단어는 모두 행동이 느리다는 뜻만을 포함할 뿐이었다. 무엇보다 선빈은 곤충이나 동물로 불리고 싶은 마음이 전혀 없었다.

오전 11시 17분, 열여덟 살 소녀가 학교도 안 가고 침대에 누워 빈둥거리는 건 절대 게을러서가 아니라 최선을 다해 살지 않겠다는 삶의 태도였다. 분명한 목적을 가지고 빈둥거리는 사람…… 소녀…….

빈둥 소녀! 선빈은 불현듯 머리에 떠오른 단어가 마음에 들었다. 빈둥 소녀라는 정체성이 나타나자 블로그에 적을 내용도 바로 떠올랐다. 쓸모없는 이야기들을 쓰고 싶었다. 이렇게 무료하게 살아도 괜찮다는 걸 알려 주고 싶었다. 미친 듯이 열심히 사는 사람들을 조롱해 주고 싶었다.

'빈둥 소녀의 무용한 일상', 블로그 제목 결정!

첫 번째 게시물은 오래 전 카드 광고 영상의 캡처본이었다. 광고 속 공간은 호텔이거나 상점으로 보이지만 명확하게 구분은 안 됐다. 뭐, 공간이 중요하진 않다. 한눈에도 일 잘하게 생긴 직원은 정확한 발음으로 쉴 새 없이 묻는다. 할인 카드 있으세요? 마일리지 카드 있으세요? 통신사 카드 있으세요……. 무차별 질문 폭격 속에 장엄한 음악이 깔리고 그제야 유머러스한 캐릭터로 친숙한 배우의 얼굴이 나타난다. 어울리지 않게 머리를 까 넘기고 슈트를 차려입은 배우는 무념무상의 얼굴로 이렇게 독백한다.

'아무것도 안 하고 싶다. 이미 아무것도 안 하고 있지만 더 격렬

하게 아무것도 안 하고 싶다.'

빈둥 소녀의 열렬한 지지자를 얻은 느낌이었다.

선빈 역시 이미 아무것도 안 하고 있고, 더 격렬하게 아무것도 안 할 생각이었지만…… 빈둥거리는 것도 환경적, 공간적 지원이 필요했다. 솔직히 지옥고(지하, 옥탑방, 고시원)에서는 빈둥거리기도 힘들었다.

반지하 공간은 가히 인간의 인내심을 시험하는 장소였다. 집에 들어서면 지하 특유의 축축하고 텁텁한 공기가 먼저 반겼다. 쓰읍, 깊은 숨이라도 들이마실라치면 학교 화장실 젖은 대걸레에서 맡았던 냄새가 났다.

환기를 시켜! 반지하에서 살아 본 경험이 있는 사람이라면 이렇게 쉽게 말할 수 없을 거다. 창문을 열면 먼지와의 전쟁이 기다리고 있으니까. 바람의 방향은 어째 반지하 창문으로만 향하는 건지 골목길에 쌓인 모든 먼지가 선빈의 집으로 몰려들었다. 가뜩이나 신발을 신고 다녀야 하는 시멘트 바닥엔 먼지가 풀풀 날렸고 볼썽사납게 하루에도 몇 번씩 콧속 청소를 해야 했다. 코에 들어갔던 휴지는 쪽팔릴 정도로 새까맣게 변했다. (이 상황이 소녀에게 가당키나 하냐고요!)

소음 또한 만만치 않은 문제였다. 8차선 도로변도 아니건만 차 소리는 왜 이렇게 크게 들리는지. 거기에 행인들의 수다와 통화

소리도 무방비 상태로 고막을 강타했다.

무엇보다 반지하는 개인적 삶에 대한 심각한 고민을 안겨 주는 공간이었다. 선빈의 집은 창과 현관문이 골목길을 향해 나 있어서 안전과 보안을 위한 쇠창살이 있었다. 쇠창살로 조각조각 나누어진 풍경을 보고 있으면 이곳이 집인지 수감 시설인지 구분이 안 될 지경이었다. 아니, 수감 시설이라면 타인의 접촉이라도 쉽지 않았을 텐데 반지하는 그런 이점도 없었다.

며칠 전 옷을 꺼내기 위해 홀에 나왔던 선빈은 기절할 듯이 놀랐다.

"계속 비어 있던데 언제 사람이 들어왔대? 어라, 가게가 아니네."

열린 창문으로 허리를 숙인 ─ 뭘 그리 애쓰면서까지 남의 집을 들여다보는지 ─ 아줌마가 말을 걸어 왔다. 나, 뒷집 살아. 신원을 밝히면 용서가 될 거라 생각하는지 아줌마는 월세인지 전세인지 시시콜콜히 물었다. 아주머니, 여기는 공용 시설이 아니라 개인 주거 공간이랍니다.

"애한테 뭘 그런 걸 물어?"

염색 방 앞에 나와 있던 라떼 여사가 잡아끌고 가지 않았다면 아줌마는 선빈에게 마냥 꼬치꼬치 물어볼 태세였다.

그래서 라떼 여사에게 고맙냐고 묻는다면 고민할 필요도 없이 답은 '노'였다. 선빈을 가장 많이 괴롭히는 이 역시 라떼 여사였기에. 문을 열고 나갈 때마다 라떼 여사의 목소리가 폭탄처럼 떨어졌다.

"학교 안 다녀 시간도 많은데 골목길이라도 쓸면 좀 좋을까. 집으로 먼지 들어온다고 뭐라 하지 말고 청소하면 되잖아."

"그게 뭔 줄 알고 비닐 버리는 데 넣어. 아이스 팩은 재활용 안 되는 것도 몰라?"

보통 커피 열 잔의 도장을 찍는 데는 얼마의 시간이 걸릴까? 라떼 여사의 잔소리 쿠폰은 하루에도 열 개의 도장이 찍힐 만큼 빨리 채워졌다. 그때마다 라떼 여사와 싸울 순 없었다. 피할 수 없으면 즐기라고 아니, 즐길 수 없으면 피하라고 했던가? 선빈은 제일 쉽고 빠른 방법으로 라떼 여사와의 접촉을 피했다.

"이리 좀 와 봐. 아까부터 070 번호로 자꾸 전화가 오는데 혹시 이거 보이스 피싱 뭐 그런 거 아닌가? 함 봐 줘."

디지털 취약층 라떼 여사의 고충을 모르는 건 아니지만 엮여 봐야 피곤할 뿐이었다. 그 순간 필요한 건 자연스러운 생활 연기였다.

"어, 미나야, 어쩐 일이야. 그래, 우리 집 이사했어……."

갑자기 전화가 와서 그만……. 라떼 여사를 향해 미안한 눈빛으로 꾸벅 인사하고 잽싸게 자리를 떠나는 방법이었다. 물론 그 방법도 몇 번 썼더니 눈치를 챈 것 같았다.

"무슨 전화가 꼭 저 필요할 때만 오는지!"

등 뒤에서 '내가 네 속을 모를 줄 알고?' 욕을 담은 시선이 느껴졌다.

이런 열악한 상황에서 격렬하게 빈둥거릴 수 있는 사람이 있으면 손 한번 들어 보시라고요!

선빈이 등교를 결정한 건 여러 이유가 있었지만 따지고 보면 돈 문제였다. 마음껏 빈둥거릴 수 있는 환경은 결국 쾌적한 주거 공간에서 오기에. 돈, 돈, 돈! 아빠가 왜 그렇게 돈을 부르짖었는지 새삼 깨달았다. 빈둥거리려 해도 돈이 들었지만 등교에도 만만치 않은 돈이 들었다. 새 학교 교복에 교과서, 참고서 모두 다 돈이었다.

아까워서 팔지 않았던 운동화를 참새마켓에 올렸다. 사진을 올린 지 얼마 지나지 않았는데 계속 알림이 울렸다.

'진품 맞나요?'

박스나 보증서가 없어 저렴하게 올렸지만 진품 확실하다고, 기존에 판 명품들의 거래 후기를 참고하라고 써 놨음에도 이렇게 계속 묻는 인간들이 있다. 그래도 팔리면 성실하게 대답해야지 싶어 진품 아닐 시 100% 보상 가능하다고 썼다.

'혹시 할인 가능한가요?'

가격 제안 불가라고 다 써놨는데. 이 말엔 대답도 안 하고 씹었다.

가입하고 얼마 안 되었지만 선빈은 짧은 시간에 거래의 고수가 됐다. 제품 설명은 읽기 쉽게, 사진은 최대한 자세히 찍어야 했다. 특히 하자 있는 부분을 크게 찍어 올려야 구매자의 신뢰를 얻을 수 있고 뒤탈도 없었다.

'몇 번 사용하지 않아 기기 손상 전혀 없고 스크래치도 거의 없음. 직거래 선호.'

태블릿 피시도 올리자마자 '참새' 알림이 울렸다. 침대에 누워 영상 보는 용도로 몇 번 사용했던 거라 사는 사람은 땡 잡는 기회였다.

완전 쿨 거래였다. 채팅 후 곧바로 패스트푸드점 앞에서 만난 이는 또래의 남자아이였다. 좀 의외였다. '고적운'이라는 닉네임을 보고 정직하게 이름을 사용하는 나이 든 어른이 나올 거라 예상했었다.

고적운 님은 패스트푸드점에서 성능을 테스트하고 싶다며 양해를 구했다. 참고로 선빈의 닉네임은 '쿨 거래 완전 조아'였는데 '고적운'에 비교하니 어쩐지 부끄러웠다. 고적운 님은 외부 상태를 살피고 전원을 켜서 기능도 테스트하더니 바로 구매했다. 태블릿 피시는 그렇게 새 학교의 교복 값으로 변했다.

패스트푸드점 앞에서 인사를 하고 헤어졌는데 어쩌다 보니 계속 같은 길로 가고 있었다. 신호등 앞에서는 아예 눈까지 마주쳤다. 동네 거래의 불편함이 이거구나.

슈퍼를 지나서까지 같은 방향인 걸 보고 선빈은 과감하게 방향을 틀었다. 슈퍼를 지나면 바로 선빈의 집이 있는 골목이었고 처음 보는 남자에게 집을 노출하기는 싫었다. 더 솔직하게는 집 몰골을 들키고 싶지 않았다. 가난한 건 정말 불편한 거였다. 빈둥거리겠다는 쉬운 결심도 못 지킬 만큼.

빈둥 소녀의 무용한 일상

빈둥 소녀 20XX.04.22.

인터넷 조금 들여다봤는데 오전 시간이 다 흘렀다.

이제 막 데뷔한 여자 아이돌 멤버 하나의 학교 폭력 기사. 친구의 체육복을 빌린 후 돌려주지 않았단다. 헐, 이건 아니지.

단톡방에서 한 아이의 욕도 엄청 했단다. 톡 내용을 봤는데 욕 살벌하게 하네.

중학교 친구들 사이에서는 터질 게 터졌다는 분위기라고. 일진이었던 아이가 잘나가면 나라도 배 아플 것 같다. 이제 막 떴는데 훅 갔네.

만약 내가 유명해지면 동창들은 나에 대해 뭐라 말할까.

돈 좀 있다고 뻐기고 다녔다고, 사실 은따였다고, 유학 핑계로 공부 안 했다고, 결국 그것도 뻥이었다고, 망했단 얘기 들었을 때 다들 고소해했다고……. 이런 말들이 나올까. 상상만으로도 기분 나쁘네. 유명해지고 싶단 생각이 싹 사라진다.

아참, 나는 유명해질 수가 없다. 그럴 가능성이 없다. 왜냐하면 앞으로도 계속 이렇게 빈둥거리며 살 거니까.

이 공간도 위크(weak) 블로그를 지향한다. 파워 블로그처럼 알려지고 돈을 벌고 싶은 욕심 따위 없다. 아무도 들여다보지 않을 블로그에 빈둥 소녀의 한심하고 부끄러운 일상을 적을 거다. 가끔은 쪽팔린 얘기도.

꼬르륵. 배 속이 난리다. 지금 학교에서는 급식을 먹고 있겠지. 그건 부럽다. 혼자 차려 먹으려니 귀찮다. 식탁도 없어 냉장고에서 반찬 꺼내 방에서 상 펴고 먹어야 한다. 점심은 그냥 건너뛰어야겠다.

오후엔 또 뭘 할까……. 혼자만의 방. 적막하고 고요……할 줄 알지? 천만의 말씀, 만만의 콩떡이다.

"염색! 손님 왔어. 얼른 똥 끊고 나와."

"너, 어른 봤으면서 인사도 안 하냐?"

"기택 엄마, 배추 샀어? 한 망에 얼마 줬어?"

귀에다 대고 얘기하는 것처럼 라떼 여사의 목소리가 들린다. 학교에선 잠이라도 잘 수 있지. 라떼 여사의 목청은 무시하기엔 너무 시끄럽다. 아, 진심으로 평화롭게 빈둥거리고 싶다!!!

대략 난감

엄마는 신발을 살 때마다 좋은 구두가 주인을 좋은 곳으로 데려간다고 말했다. 그 믿음 때문에 신발을 자꾸 사게 된다고. 핑계도 가지가지 한다고 생각했지만 어쩐지 그 말을 믿고 싶었고 참새마켓에 올린 한정판 운동화를 신고 새 학교로 갔다. 선빈에게도 핑계가 필요했다.

"오선빈, 우리 학교로, 그중에서도 우리 반으로 온 걸 환영한다. 가만 있자, 전에 다녔던 학교가 꽤 좋은 데였네. 거기서 여기로 전학을 왔단 말이지. 음, 학기 중 전학이 쉬운 결정이 아닌데 혹시 뭔가 사연이⋯⋯. 아니야, 사생활이니까 궁금해하면 안 돼. 그렇지?"

교무실에서 만난 선빈의 담임은 독특했다. 과목은 과학, 성별은 남자, 나이는⋯⋯ 주름은 없는데 머리가 벗겨져 연령대를 짐작할 수 없었다. 질문을 한 건지 혼잣말을 한 건지 화법도 아리송했다. 고등학생의 학기 중 전학이 흔한 경우는 아니었기에 담임이 궁금해하는 건 자연스러운 일이었다. 궁금해하면 안 되니까 알아서 대답을 하라는 뜻인가? 선빈이 망설이는데 담임이 말을 이었다.

"이 녀석 좀 보게. 전학 오기 전까지 한 달이 비네. 그동안 뭐 했어? 잘 놀았어? 아니야, 이것도 사생활이니까 궁금해하면 안 돼. 그치?"

담임이 도리질까지 해 가며 궁금해하면 안 돼,를 외치니 오히려 선빈은 구질구질한 사연을 털어놓고 싶어졌다. 아빠 사업이 쫄딱 망했다고, 그래서 엄마가 가사 도우미 일을 하고 있다고, 그 집 지하에 살고 있다고, 아무런 희망도 없어서 전학을 망설였다고……. 가슴 아프고 울컥했던 시간들도 말하려고 보니 겨우 몇 줄 안 되는 사연이었다.

"그런데 선빈아, 혹시라도 내 도움이 필요하면 언제든 말해. 나는 너의 사생활을 들어줄 마음도, 시간도 있으니까. 알았지?"

담임이 눈을 찡긋했다. 저 외모에 귀여운 척은 아니다 싶었지만 기분이 나쁘진 않았다.

남들의 이목을 끈다는 점에서 전학생의 첫날은 괴롭다.

삼십여 명의 남녀 합반 교실. 전학생 소개를 하는데 아이들 눈이 호기심으로 반짝였다. 별다른 이슈가 없는 교실에서 전학생은 그야말로 핫한 셀럽 내지는 먹잇감이었다. 셀프 왕따로 살아온 선빈 입장에서는 그 어떤 것도 달갑지 않았다. 친근한 척 다가와 신상을 털어 낼 아이들을 생각하면 머리부터 지끈거렸다. 게다가 지금은 누구에게도 밝히고 싶지 않은 스토리만 있을 뿐이라서 더더욱.

그 고민을 해결해 준 건 담임이었다. 조회 시간에 들어온 담임은 5월의 시작과 함께 새로 전학생이 왔다고 아직 우리 학교가 낯설 테니 잘해 주라는 한마디만 하고는 다른 화제로 넘어갔다.

"내가 너희들 생기부를 좀 꼼꼼히 살펴봤거든. 어쩜 그렇게 뭐가 없냐? 뭘 둘러봐. 다 니들 얘기잖아. 몇 놈 빼고는 건질 게 없더라. 내가 입시 담당자라도 너희 같은 애들 안 뽑아."

담임 말에 한 아이가 에이, 무슨 말을 그렇게 섭하게 하셔요, 귀엽게 응수했지만 크게 틀린 말은 아닌지 아이들 대부분은 심각한 표정이었다.

"그 생각만 하면 밥맛도 뚝 떨어지고, 잠도 안 와요. 왜 킥킥거려? 진짜라니까. 선생님 다크서클 내려온 거 안 보이냐? 그렇지만 내가 누구냐. 어찌하면 생기부 한 줄이라도 늘릴 수 있을까, 뭔가 신박한 것이 없을까 고민하다가 결국 생각해 냈지."

담임이 교탁을 탕 쳤다. 아이들은 또 저런다, 투덜거리면서도 담임을 향해 눈을 모았다. 선빈도 담임의 신박한 해결책이 궁금했다. 성적도 별로, 수상 기록도 전무, 동아리 활동도 부실, 한마디로 대학으로 가는 길에서 멀리 겉돌고 있는 형편이었다.

담임은 아이들의 시선을 충분히 즐긴 후 입을 열었다.

"얘들아, 고구마를 심자!"

고구마? 귀를 의심했다. 변두리긴 하지만 엄연히 도시였다. 그런데 대학 입시를 위해 생기부 내용을 늘리는 방법이 고구마 농사라고?

아이들의 놀란 표정이 보이지도 않는지 담임은 아랑곳 않고 자신의 말만 했다. 본관 뒤편 노는 땅에다 고구마를 심고 키울 거라고, 그걸 창의적 체험 활동 부분에 반영할 거라고, 이건 누구도 쉽게 생각하지 못한 신박한 아이디어 아니냐고.

고등학교 교실에서 고구마 농사를 짓겠다는 아이디어가 신박하긴 했다. 하지만 한 문제라도 죽어라 더 풀어야 할 시간에 고구마 농사라니? 담임은 아무나 쉽게 생각하지 못한다고 장담했지만 그건 못하는 게 아니라 안 하는 거였다.

"의무적으로 다 해야 하는 건 아니죠? 농어촌 특례 입학을 노리는 학생만 하면 되는 거죠?"

굵직한 목소리의 아이가 콕 집어서 담임을 깠다. 이 반에 농어촌 특례 입학을 노리는 아이가 있을 리는 없을 테니까. 중간고사가 코앞인데 고구마 얘기를 꺼내는 담임이 한심하긴 했다.

상당히 뻘쭘해할 줄 알았는데 담임은 예상했던 반응인지 덤덤했다.

"당연하지. 희망자만 하는 거야. 하고 싶은 사람?"

아무도 없을 거라는 예상을 깨고 뒷줄에서 저요, 하는 목소리가 들렸다. 그 아이가 주민하였다.

고구마 농사 참가 희망자는 주민하 한 명이었지만 방과 후 건물 뒤편에는 어이없게 선빈도 함께 있었다.

종례 시간이 끝나고 담임이 교실을 나가는 선빈을 불렀다.

"전학생, 오늘 바쁜가? 선빈이는 학기 중에 전학 와서 이번 중간고사에서 많이 불리할 거야. 그러니까 같이 고구마를 심으면 어떨까?"

모의고사와 달리 중간, 기말고사는 내신용이라 학교에서 배우는 교과서 위주로 문제가 출제되고 당연히 전의 학교와 다른 교과서로 시험을 치르는 선빈은 불리할 수밖에 없었다. 여기까지는 이해했다. 그러니 더 열심히 하라거나, 이번 시험을 망쳐도 낙담하지 말라는 말이 이어져야 하는 거 아닌가? 같이 고구마를 심자는 제안은 도대체 무슨 뜻일까? 뜻을 모르니 뭐라고 대답하기도 애매했다. 선빈이 머뭇거리는 틈을 타 담임이 선수를 쳤다. 그럼 같이 하는 걸로!

"저는 그럴 마음이……."

선빈이 말을 끝마치기도 전에 담임은 저만큼 멀어져 버렸다. 쫓아가서 안 하겠다고 할까 생각했지만 빈둥 법칙 3조, '쓸모없는 일을 해라.'에 고구마 농사만큼 잘 맞는 게 있을까 싶었다. 고구마 농사를 도대체 어디에 쓰겠냐고.

담임을 기다리며 서 있는데 주민하가 선빈에게 말을 걸었다.

"아까 대감 말 못 알아들었지?"

대감? 선빈이 되묻자 주민하가 담임의 별명이 대감이라고 알려 주었다. 보기와 다르게 유명한 양반가의 후손인가, 싶었지만 완전 다른 의미였다.

"대략 난감의 줄인 말. 우리 담임 엉뚱함을 넘어서 대략 난감 상황을 많이 만들어. 지금처럼."

대략 난감. 딱 맞는 말이었다. 그러는 넌 이 대략 난감한 일을 왜 하겠다고 한 거야, 묻고 싶었는데 선빈의 마음을 읽은 것처럼 주민하가 대답했다.

"그럼에도 불구하고 난 하고 싶어. 유치원 때 주말농장 했거든. 흙 만지고 고구마 캐고 했던 기억이 좋았어. 그때가 내 인생의 전성기였다고나 할까."

주민하는 기억을 되살리듯 눈을 가늘게 떴다. 저 아련한 표정은 뭐람. 그런데 전성기가 너무 오래전 아니니? 꼬맹이가 뭘 안다고.

담임은 와이셔츠를 트레이닝 바지 속에 집어넣은 차림새로 나타났다. 저 대략 난감 패션이라니. 담임이 선빈과 주민하에게 작은 호미 하나씩을 나눠 주더니 후문 옆의 땅을 가리켰다. 교실의

삼분의 이 남짓한 공간이었다.

"여기가 농사를 지을 땅이야. 우리가 제일 먼저 할 일이 뭐가 있을까?"

누구를 지명하지는 않았지만 담임의 눈길이 선빈을 향했다.

"고구마 씨앗을 심어요."

선빈의 대답에 담임이 웃었다.

"워워, 의욕은 좋지만 너무 앞서가진 말자고. 오늘 우리는 땅을 고르게 만들 거야. 농사를 짓기 전에 잡초와 돌을 없애야 해. 오랫동안 방치된 땅이라서 어쩌면 퇴비를 뿌려야 할지도 모르겠다. 그리고 무엇보다 고구마는 씨앗이 아니라 순을 심어."

담임은 자신의 차림새가 우습겠지만 흙이 묻으면 잘 지워지지 않으니 주민하에게 체육복으로 갈아입고 오라 했다. 선빈에게는 졸업한 선배들이 기증한 체육복 바지를 챙겨 주었다.

"실내화 불편하지 않아? 운동화로 갈아 신지."

앞뒤가 다 트인 슬리퍼가 불편하지 않냐며 주민하가 물었지만 귀한 운동화에 흙을 묻힐 수는 없었다. 게다가 구매자가 나오면 언제든 팔아야 하는 물건이라서 함부로 다루면 안 되었다.

담임은 자신이 하는 걸 보라면서 호미로 땅을 파헤쳤지만 시범을 보일 만큼 어려운 일은 아니었다. 선빈도 담임을 등지고 호미질을 했다. 그러다 남극 펭귄과 눈이 딱 마주쳤다. 호미 손잡이에

뽀로로 스티커가 붙어 있었다. 뽀로로 스티커를 붙인 호미의 주인공은 누구일까. 혹시 담임의 아이? 대략 난감 주니어의 모습이 그려져 절로 웃음이 나왔다.

흙 속에 돌이 있는 거야 당연한 일이었지만 벌레가 그렇게 많을 줄은 상상도 못 했다. 꿈틀거리는 지렁이가 나올 때마다 소리를 질렀고 담임이 지렁이를 집어 텃밭 밖으로 던졌다. 안 죽이냐고 물었더니 생명이 있는 걸 어떻게 함부로 죽이냐며 근엄한 표정으로 되물었다. 지렁이 생명은 그렇게 걱정하면서 땡볕에 호미질을 하는 제자들의 생명은 걱정 안 되시나요, 한마디 내뱉으려다 침과 함께 꿀꺽 삼켰다.

지렁이 정도야 흙 속에 응당 있을 것으로 예상되는 생명체라지만 예상 못한 비생명체들은 왜 있는 걸까. 쓰레기 매립장을 개간했는지 땅을 팔 때마다 쓰레기가 계속 나왔다. 과자 봉지, 페트병에 깨진 유리병까지는 이해하겠는데 교복을 발굴했을 때는 어쩐지 후덜덜했다. 너를 완전히 묻어 버리겠다는 것처럼 차곡차곡 접힌, 반짝거리는 이름표까지 달린 교복 재킷이라니.

"혹시 이게 저주 인형 비슷한 그런 건가?"

교복을 보는 주민하의 얼굴도 딱딱하게 굳었다. 집단, 경쟁, 질투, 원망, 주술, 악의 같은 음습한 단어가 머릿속을 스쳤다. 등 돌리고 있던 담임이 돌아봤을 때야 사건의 전말이 드러났다.

"아, 운영이. 얘 몇 년 전에 서울대 갔어. 우리 학교에서는 정말 드문 케이스지. 그때 얘 교복을 받겠다는 후배들이 줄을 섰었지. 운 좋게 교복을 얻은 애가 자신도 그렇게 되길 바라면서 땅에 묻었을 거야. 그러니까 저주가 아니라 미신."

담임은 결국 미신은 미신일 뿐이라고, 그 후에 서울대를 간 아이는 한 명도 없다는 정보도 곁들여 전했다.

"여기서도 우리는 과학적 사실에 접근할 수 있어. 호미로 파헤쳐질 만큼 얄팍한 깊이로 묻어 놓았기 때문에 바로 발각됐잖아. 정말로 노력하는 아이였다면 땅을 깊게 팠겠지. 혹시라도 그렇게 했으면 서울대를 가지 않았을까?"

이건 또 뭔 소리람, 호미질과 서울대가 무슨 상관이라고. 한 귀로 흘려보내면 될 말에 주민하가 딴지를 걸었다.

"호미가 아니라 맨손으로 땅을 파헤친 거면요? 학생이 호미를 갖고 다닐 리는 없잖아요. 손톱이 빠지도록 팠을 수도요."

얘, 은근 고집 있네. 농담을 팩트로 받으면 어쩌려고.

"민하, 좋은 지적이다. 무심결에 실험의 조건이 같다고 생각해 버렸네. 그런데 또 하나 반론을 제기하자면, 자신의 소망을 이루기 위해 교복을 묻어야 한다면 당연히 호미 정도는 준비해서 일을 벌였어야지."

"빨리 이루고 싶은 바람이 커서 교복을 받자마자 땅을 파헤쳤다면요? 합격발 떨어지기 전에 묻어야 한다는 미신을 믿었을 수도 있잖아요."

두 사람 다 한마디도 지지 않았다. 이게 끝장 토론 주제로 가당키나 하냐고 되묻고 싶었다. 참으로 쓸모없는 대화였다. 그 뒤로도 말 같지 않은 옥신각신이 몇 번 더 이어졌지만 선빈은 듣고 싶지 않아 호미질만 했다. 말씀하실 시간에 호미질 좀 하시죠, 한마디 하고 싶었는데…….

"도구를 준비하는 건 무리예요. 호미를 어디서 구하겠어요. 그래도 굳이 구한다면 창고에 있는 삽 정도랄까."

주민하의 말에 담임이 갑자기 박수를 치더니 본관을 향해 뛰어갔다. 정말 대략 난감으로 혼자 도망치는 건가 싶었는데 잠시 후 삽을 들고 나타났다. 삽을 이용하자 넓고 깊게 흙을 팔 수 있었고 호미로 하던 것보다 훨씬 속도가 빨라졌다. 코딱지만 한 텃밭이지만 장비발이 얼마나 중요한지 느꼈다. 농민들이 영농 과학화를 외치는 건 다 이유가 있었다.

두 시간 넘게 호미질과 삽질을 했지만 아직 땅이 고르진 않았다. 담임은 어차피 오늘 안에 못 한다고 내일 마저 하자며 일을 끝냈다. 고생했으니 아이스크림이라도 사 먹으라고 지갑에서 지폐를 꺼내 주는 담임 손이 부들부들 떨렸다. 감사합니다, 하면서 돈을 받는 주민하의 손도 떨리긴 마찬가지였다.

학교 앞 편의점 파라솔 의자에서 주민하와 같이 아이스크림을 먹었다. 이거라도 먹지 않으면 집까지 갈 힘도 없었다. 이래서 농업 인구가 줄어드는구나, 절감했다. 농업 인구 감소의 또 다른 원인은 멀리서 찾을 필요도 없이 바로 앞에 있었다. 아이스크림을 쪽쪽 빨아 먹는 주민하 몰골이 말이 아니었다.

'어떤 꼴인 줄도 모르면서 맛있게도 먹네. 쯧쯧.'

순간 흠칫 놀라 거울을 보니 선빈도 다를 바 없었다. 손톱 밑에는 흙이 끼어 있고 얼굴도 땟국물이 흘러 꾀죄죄했다.

"대감도 아무것도 모르고 시작한 거 같지?"

주민하는 고구마 농사에 대한, 그보단 담임에 대한 신뢰가 떨어진 눈치였다. 땅을 일구자 하면서 호미밖에 준비 안 한 것도 그렇고 호미로 땅을 파헤치는 담임의 동작도 어딘지 어설펐다. 선빈역시 뽀로로 스티커를 호미에 붙인 아이와 놀아 주느라 주말농장 몇 번 간 것이 담임의 경험 전부가 아닐까 하는 의심이 들었다. 그건 그렇고 이 짓을 내일 또 해야 하나? 겨우 몇 시간 일했을 뿐인데 오른손 검지에 벌써 물집이 잡혔다. 쓸모없는 일은 확실한데 체력 소모가 너무 컸다. 빈둥 소녀에겐 어울리지 않을 정도로. 아이스크림 하나 들었을 뿐인데 손이 덜덜 떨리는 일을 또 할 수는 없었다.

"오늘은 어쩌다 끌려가서 했지만 내일부터 안 할래. 넌 어떡할거야?"

주민하는 오래전의 주말농장 기억이 좋다고 말했지만 따져 보면 어린이가 무슨 일을 했을까. 그저 수확하는 날 고구마 몇 개 캔

정도였을 테다. 당연히 '노'를 외칠 줄 알았는데 주민하는 고민 중이라고 말했다.

집에 가려고 일어서다 습관처럼 운동화에 묻은 흙을 털었는데 주민하가 그 장면을 무안할 만큼 빤히 바라봤다.

"혹시 참새?"

이사 온 후에도 꽤 많은 물건을 팔았다. 짧은 시간에 물건과 돈을 맞바꾸고 헤어졌을 뿐이라 누가 구매자인지 기억도 나지 않았다. 주민하와도 거래를 했던가? 어쩐지 느낌이 싸했다.

주민하가 아예 쭈그리고 앉아 운동화를 살폈다.

"맞네. 왼쪽 뒤꿈치에 이염 하나 있다고 했잖아. 세탁하면 지워질 거 같다고 썼지? 얼마 전에 이거 사고 싶어서 채팅했었는데. 할인 되냐고 했더니 싹 무시하고 답도 안 달더라. 그나저나 너는 무슨 애가 참새 거래를 그렇게 많이 하냐?"

구매자는 아니었다. 그래도 숨기고 싶은 사생활의 일부를 들킨 것 같아 기분이 좋진 않았다.

"채팅 씹은 건 미안. 이사 오면서 필요 없는 물건들 다 처분하느라 거래가 많았어."

간절한 현금 가능 자산이었으면서 필요 없는 물건들이란다. 가난해지니 거짓말만 는다. 선빈의 대답에 주민하 표정이 살짝 일그러졌다.

"명품들 많이 거래했더라. 좀 사나 보네. 잘됐다, 나 리치 언니들 무지 좋아하거든."

리치 언니 좋아한다면서 주민하가 쌩하니 앞장서 걸었다. 사실 난 리치 언니가 아니란다, 그 말은 입에서 떨어지지 않았다.

한밤중의 만남

드르렁 드르렁, 엄마의 코 고는 소리에 잠이 깼다. 박 여사 잘 자네. 노동하는 사람답게 코 고는 소리도 우렁차고. 세상모르고 곯아떨어진 엄마를 보는데 오래전의 기억 하나가 슬며시 떠올랐다.

어느 새벽 침대에서 뒤척이던 선빈이 주방에 갔을 때 엄마는 실크 로브를 입고 와인을 마시며 에드워드 호퍼 도록을 보고 있었다. 포인트 무드 등 아래서 엄마는 그림 속 여인처럼 고고하고 외로워 보였다. 그날 엄마는 불면의 고통을 호소했지만 그 속엔 호사스런 취미로 새벽 시간을 즐길 수 있는 편안한 생활을 내포한 달콤한 투정이 섞여 있었다.

그랬던 엄마가 이제 바닥에 머리만 닿으면 잠이 들었다. 킹사이즈 라텍스 매트리스에서도, 의사의 추천을 받아 산 경추 베개를 베고서도, 알레르기 케어를 마친 이불을 휘감고도 불편해 뒤척이던 사람이 얇은 요 위에서도 잘만 잤다.

　그에 반해 선빈은 이사 온 후 자주 잠을 설쳤다. 낮은 층고에 코 딱지만 한 창문밖에 없는 방에 누워 있으면 알 수 없는 기운이 온몸을 옥죄는 느낌이 들었다. 자고 있는 엄마를 방해할 수 없어 방을 나가도 러그가 깔린 거실이 아니라 썰렁한 시멘트 바닥뿐이고 다시 방에 들어와 말똥말똥한 눈으로 어둠을 마주할라치면 양을 천 마리까지 세어도, 좋아하는 아이돌 노래를 웅얼거려도 쉬이 아침이 오지 않았다. 그런 새벽이면 연락이 끊긴 아빠 얼굴이 떠올랐다. 안하무인으로 살고 싶어 했던 아빠. 채권자들에게 쫓기고 있다던데 아빠는 이 밤을 어디서 보내고 있을까…….

　팔뚝에 파스를 덕지덕지 붙인 엄마가 옆으로 돌아누우면서 끙, 신음 소리를 냈다. 괜찮다고, 하나도 안 힘들다고 했지만 역시 고단하구나. 새삼스레 엄마의 고생이 다가왔다. 꿈에서라도 부디 편안하기를.

　어둠 속에서 뒤척이던 선빈에게도 다시 졸음이 찾아왔다. 손 떨리게 땅을 파헤쳤던 터라 온몸이 노곤했다. 눈꺼풀을 감고 있는데도 더 짙고 강한 어둠이 선빈의 의식을 감쌌고 깊은 잠에 빠지려는 순간, 섬뜩한 느낌이 들었다. 팔뚝을 간질이는 작은 움직임! 도저히 떨쳐 버릴 수 없을 것 같던 수마가 한순간에 사라졌다. 엄마인가 싶었지만 코 고는 소리는 아래에서 들렸다. 그럼 누구지?

소름이 돋은 선빈이 머리맡에 놓아둔 핸드폰을 켰을 때, 팔뚝을 타고 내려가는 오동통한 한 마리의 바퀴벌레를 발견했다.

꺄악! 선빈이 비명을 지르면서 일어났고 엄마는 선빈의 비명에 화들짝 놀라 옆 서랍장에 머리를 부딪혔지만 그 와중에도 딸의 안부를 제일 먼저 챙겼다.

"왜 그래? 악몽 꿨어?"

불을 켠 뒤에야 엄마는 의아한 얼굴이 되었다. 방은 아무 이상도 없었으니까. 엄마의 질문에도 선빈은 대답을 못 하고 부르르 떨었다. 차라리 악몽이 나을 것 같았다. 까맣고 오동통한 실루엣이, 팔뚝을 기어가던 스멀스멀한 느낌이 소름 끼치도록 생생했다.

"바퀴벌레! 내 팔뚝으로 이만한 게 지나갔다고."

선빈이 손가락 마디를 이용해 바퀴벌레의 크기에 대해 말하는데도 엄마는 태연했다. 전 같으면 이모님을 불러 청소 제대로 하신 거 맞냐고, 당장 방역 업체를 부르라며 난리를 쳤을 텐데 어쩐 일인지 별말이 없었다. 그 순간 엄마의 표정을 굳이 활자화한다면 아마도 이것일 테다. '난 또 뭐라고…….'

엄마는 알고 있었다. 그 징그러운 녀석을 이미 만났거나 만나진 않았어도 출현 가능성을 충분히 짐작했던 눈치였다.

"엄마가 내일 침대 밑이랑 서랍장 뒤쪽으로 살충제 뿌려 줄게. 오늘은 그냥 자자."

어서 자고 싶다는 열망만이 가득한 얼굴의 엄마를 보는데 미칠 것 같았다. 아무리 그래도 바퀴벌레와 같이 잘 수는 없었다. 그걸 아무렇지 않게 받아들이면 벌레와 동급임을 인정하는 느낌이 들었다. 엄마, 정말 이건 아니잖아. 가난은 왜 이렇게 디테일하게 사람을 비참하게 만들까.

"난 못 자. 지하철역 앞에 24시간 카페 있으니까 거기 갈게."

담담하게 말한 줄 알았는데 어느새 눈물이 흐르고 있었다. 선빈을 보던 엄마가 주섬주섬 짐을 쌌다.

"새벽 2시야. 어딜 혼자 간다고 그래. 엄마랑 같이 모텔 가서 자자. 너도 짐 챙겨."

잠기운이 싹 달아난 엄마의 얼굴이 서글퍼 보였다.

바퀴벌레를 피해 집을 나왔는데 선빈은 골목길에서 또 한 번 비명을 질렀다.

꺄악! 옆집 염색 방 앞에 하얀 소복을 입은 처녀 귀신이 있었다. 놀란 선빈이 손으로 얼굴을 가리며 주저앉자 처녀 귀신의 목소리가 들렸다. 현미야!

귀신이 한국말을? 드라큘라 같은 서양 귀신이 아니니 한국말이야 할 수 있다 쳐도 엄마 이름을 어떻게 알고? 고개를 들어 보니 처녀 귀신이 아니라 위층 라떼 여사였다.

염색 방 간판의 푸른 불빛에 비친 모습을 보고 착각한 거였다. 아니, 이 시간에 백발에 흰옷 차림으로 서 있으면 어쩌자는 거냐고요. 생전 염색 한 번 안 하면서 염색 방 앞에는 왜 있는 거냐고요.

"왜 여기 나와 계세요?"

엄마가 짐 가방을 뒤로 감추며 물었다. 선빈도 알고 싶은 이유였다. 불면증? 그것도 아니면 몽유병? 설마 치매? 그런데 라떼 여사의 대답은 모든 예상을 벗어났다.

"쓰레기 무단 투기 하는 놈 잡으려고."

편의점 봉지에 일반 쓰레기를 담아 버리는 놈이 있어 그놈을 잡으려고 나와 있었단다. 여사님, 그런 놈들은 CCTV가 잡겠죠. 아무리 새벽잠이 없다 해도 이 시간에 처녀 귀신 코스튬은 아니잖아요.

"근데 어디들 가는 거야?"

새벽 시간에 짐 가방을 들고 집을 나선 모녀도 몹시 상식적이지 않은 그림이긴 했다. 엄마가 우물쭈물 망설이기에 선빈이 대답했다.

"방에 바퀴벌레가 우글거려서 도저히 잘 수가 없어요. 모텔 가는 중이거든요."

엄마가 뭘 우글거려,라며 정정했지만 집주인이라면 응당 미안해야 하는 일이라 선빈은 더 과장해서 말했다. 라떼 여사가 뜨끔할 거라 생각했는데……

"지하에 바퀴 있는 거야 예사지, 뭘 그렇게 호들갑 떨 일이라고.

근데 어딜 간다고? 모텔? 돈이 아주 썩어 나나 보네."

뭐가 이렇게 당당하지? 집주인 유세가 이런 건가 싶어 선빈 마음에 분노가 모락모락 차오르는데 라떼 여사는 지팡이를 짚으며 자리를 떴다. 말은 저렇게 해도 미안해서 자리를 뜨는 건가 싶었는데 아니었다.

"뭐 해? 안 따라오고."

예상 못 한 전개였다. 더 예상 못 한 건 엄마가 라떼 여사 뒤를 졸졸 따라갔다는 사실이다. 결국 모텔보다 더 불편한 곳에서 자게 됐다.

"이 시간에 모텔 가는 것보단 나을 거야."

라떼 여사가 사는 1.5층 집에는 방이 세 개 있는데 두 개의 방이 모두 비어 있었다. 선빈 모녀가 잘 방은 라떼 여사가 쓰는 안방 건너편이자 화장실 옆방이었다.

"이렇게 신세를 져도 되나 모르겠네."

말은 그렇게 하더니 엄마는 이부자리에 눕자마자 잠이 들었다. 가사 도우미의 일상이란 잠자리 조건을 따지지 않는구나.

노동의 후유증으로 초저녁부터 잠들었던 탓에 잠기운이 완전히 달아난 선빈은 이부자리를 벗어나 책상 의자에 앉았다. 창으로 골목의 보안등 불빛이 은은히 비쳤다. 바퀴벌레처럼 숨어 있던 상념이 슬금슬금 몰려나왔다.

선빈은 책상에 턱을 괴고 주변을 둘러봤다. 난 누구고, 여긴 어디일까…… 진심으로 궁금했다. 장르도 알 수 없는 영화 속의 주인공이 된 기분이었다. 오동통한 바퀴벌레와 동거하는 일상을 비추는 하이퍼리얼리즘 영화에서, 한밤중 골목길에서 처녀 귀신을 만났지만 알고 보니 할머니를 오해한 거였다는 코믹 호러 영화를 거쳐, 본 적도 없는 어떤 이의 방에서 하룻밤을 지내는 판타지 스릴러 장르까지…….

이 방은 누가 썼을까. 자고 있는 엄마를 방해할 수 없어 선빈은 핸드폰 화면 불빛을 이용해 책상 위 선반에 꽂힌 책들을 살폈다. 그러다 ○○대학교 73회 졸업 앨범을 보게 됐다. ○○대학교는 엄마의 모교였다. 이건 무슨 인연일까. 일주일에 세 번 일하러 오니까 엄마도 이 졸업 앨범을 분명 봤을 테고 자신과 동문인 누군가의 집이란 것도 알고 있을 테다. 자존심이 얼마나 상했을까. 그래서 일하러 온 첫날 울었던 건가. 선빈은 잠자는 엄마의 얼굴을 들여다봤다. 코까지 골며 자는 엄마의 얼굴이 낯설고 아팠다.

TBC 실화 특공대
목요일 밤 11시10분 방송

허 기자: 안녕하세요. 실화 특공대의 MC를 맡은 허정민입니다.

'지·옥·고'라는 말을 들어 본 적이 있으신가요? 반지하, 옥탑방, 고시원. 이 세 곳을 지옥고라고 부르는데 한국 사회의 열악한 주거 환경을 대표하는 곳들입니다. 그중에서도 영화 「기생충」이 화제가 되기 전까지만 해도 사회적 관심을 받지 못했던 주거 공간이 바로 반지하인데요, 지상에 있는 옥탑방과 고시원의 열악함은 사람들의 눈에 쉽게 띄지만, 반지하는 겉으로 보기에 그럴듯하기 때문이지요.

반지하에는 햇볕이 잘 들지 않아 집 안은 한낮에도 어두컴컴하고 행여 지나가는 행인이 들여다볼까 창문조차 열지 못해 환기 역시 쉽지 않습니다. 직접 들어가 경험해 보지 않고는 이런 문제를 느끼기 어려운데요, 실화 특공대 팀에서 직접 장마철 반지하 주택 한 달 살기에 도전해 봤습니다. 스튜디오에 나와 있는 오 기자, 한 달 살기 어떠셨나요?

오 기자: 안녕하세요. TBC 교양다큐팀 오명식입니다. 지금 '한 달 살기'라고 말씀해 주셨는데, 그곳에서 계속 살고 계신 주민들도 많이 계시기 때문에

우선 용어부터 죄송스럽다는 말을 드리고 싶습니다. 그래도 편의를 위해 '한 달 살기'라는 말을 붙인 점 양해를 구합니다.

허 기자: 오 기자, 먼저 반지하 주거 공간의 탄생을 건축법으로 되짚어 보셨다고요.

오 기자: 반지하 공간에 대해 말하려면 김신조 간첩 사건을 먼저 언급해야 하겠는데요, 1968년 김신조를 포함한 서른한 명의 북한 공작원이 남한으로 내려온 사건을 계기로 전쟁 공포가 확산되었습니다. 당시 김현옥 서울시장은 전시 체제를 대비해 서울 시민 350만 명을 대피시킬 지하 공간을 조성할 목적으로, 지상층 200제곱미터를 지으려면 반드시 지하 공간을 만들 것을 법으로 제정했습니다. 그렇게 생긴 지하 공간을 집주인 입장에서 버려 두기는 아까우니 임대를 했고 그렇게 반지하 세입자들이 생기게 되었습니다.

허 기자: 그런 역사가 있었군요. 자, 그럼 한 달 살아 보니까 어떠셨어요? 무엇이 제일 불편했나요?

오 기자: 반지하 생활하기에 가장 열악한 장마철 한 달을 머물렀는데, 일단 비가 오는 날이 많아 창문을 열 수 없었고 그로 인해 환기가 되지 않아 습기가 많은 구석에 곰팡이가 피는 것을 볼 수 있었습니다. 그리고 제가 정말 벌레를 싫어하는데요, 제법 깔끔하게 청소를 했는데도 결국 바퀴벌레를 여러 번 목

격했습니다.

  허 기자: 아이고, 얼굴까지 찡그리는 걸 보니 아직도 생생한 기억인가 보네요.

  오 기자: 믿지 못하시겠지만 정말 바퀴벌레가 제 손가락 마디보다 더 컸습니다…….

먹구름을 찍는 아이

금방이라도 비가 쏟아질 것처럼 하늘이 낮았다. 중간고사 기간이라 아이들 얼굴도 어두웠다. 수학 쌤이 이번에 작심하고 문제를 어렵게 냈다더라, 국어 쌤은 맨날 쉽게 낸다고 하면서 긴 지문에 배배 꼬아 내는 극악 문제가 꼭 있다더라, 등등 중간고사에 대한 온갖 정보와 소문이 떠돌았지만 새 학교에 적응하기도 벅찬 선빈의 귀에는 들어오지 않았다.

"오선빈, 미리 고맙다."

집에 가기 전 주민하가 어깨를 툭 치더니 씨익 웃었다. 주민하 옆에 있던 아이도 고맙다는 인사를 건넸다. 며칠 배우지 않은 새 교과서로 시험을 보게 됐으니 성적이야 안 봐도 뻔할 테고, 아이들 역시 그걸 예상하고 감사의 인사를 건네는 거였다. 이렇게 정직하고 야박한 감사 인사라니…… 답인사를 안 할 수가 없었다.

"그래, 나도 있는 힘껏 바닥 깔아 줄게."

선빈의 말에 아이들이 웃었다. 농담처럼 말했지만 시험이야말로 빈둥 소녀의 진가를 발휘할 기회였다. 최선을 다해 공부를 안할 거니까. 아주 가끔 의외의 복병인 거 아니냐며 미심쩍은 눈빛을 던지는 아이들도 있었지만 내일 치를 시험을 위해 모두 바쁘게 떠나 버렸다.

학교 앞은 개미 새끼 한 마리 찾을 수 없을 만큼 한적했다. 블로그에 올릴 무용한 일상을 위해 학교 주변을 어슬렁거렸다. 무용, 고급스러워 보이지만 결국 쓸모없다는 뜻이다. 후문 쪽으로 발길을 옮겼지만 갈 곳도, 가고 싶은 곳도 없었다. 게으름을 피우며 아주 천천히 걸었다. 버스가 다니는 도로변에서 멀찍이 떨어졌는데도 상가가 제법 보였다. 학교 뒤로 보이는 산에 둘레길이 조성된후 오가는 사람들이 많아진 탓이라 들었다.

둘레길 사진이라도 좀 찍어 볼까 싶어 산으로 올라가려는데 붉은 벽돌로 지어진 상가 앞에 입간판이 있었다. '옥상 정원 개방.' 경사진 길에 있는 6층짜리 건물이라 전망이 괜찮을 것 같았다. 시간도 많은데 한번 들어가 볼까? 빈둥 소녀로서 마땅히 해야 할 일이었지만 건물 1층 계단을 청소하시는 아주머니가 보였다. 입구를 걸레질하는 걸 보니 금방 끝날 듯해 선빈은 건물 앞에서 핸드폰을 보며 기다렸다.

"강두 엄마, 잠깐 나와 봐."

뭐지, 이 익숙한 목소리는? 기차 화통을 삶아 먹은 것처럼 쩌렁쩌렁한 목소리, 라떼 여사였다. 본능적으로 건물 안으로 숨었고 선빈과 교대하듯 청소 아줌마가 밖으로 나갔다. 2층으로 올라가는 계단 중간에 몸을 숨겼을 때 라떼 여사가 건물 입구에 모습을 드러냈다. 선빈은 계단 난간 사이로 밖을 살폈다.

"사장님, 안 오셔도 된다니까 또 굳이 오셨네."

청소 아줌마가 고무장갑을 벗으며 라떼 여사에게 인사를 건넸다. 고개만 까딱하는 게 아닌 허리까지 굽혀서 하는 인사. 깍듯했다.

"2층 이사 들어오는 날인 거 뻔히 알면서 어떻게 가만히 있어. 청소할 게 많았지?"

라떼 여사가 주머니에서 봉투를 꺼내더니 아줌마에게 건넸다. 아무리 봐도 편지를 주고받을 사이는 아닐 테니 혹시 돈? 아니나 다를까 아줌마가 됐다며 봉투를 뿌리치며 몇 번 사양하는 액션을 취하더니 결국 받았다.

"그냥 할 일 한 건데. 사장님, 고마워요."

"딱 파스값 정도야. 노인네가 주면 그냥 받아. 하여튼 옛날부터 쓸데없이 꼬장꼬장해서는. 사람이 너무 그러면 못써."

봉투를 건넨 라떼 여사가 쌩하게 돌아섰다.

건물 옥상에 올라와 조금 전에 본 장면에 대해 생각했다. 사장님이란 호칭, 2층 이사 날짜를 아는 점, 건물 청소 아줌마에게 봉투를 건네는 행동. 이 모든 일이 가능하려면? 고작 14,900원짜리 염색조차 안 하고, 매일 똑같은 옷만 입고, 목이나 팔에 누런 금붙이 하나 없지만…… 설마? 그래도 답은 하나였다. 건물주! 조물주보다 더 위에 계시다는 그분. 라떼 여사의 정체는 건물주였다.

둘레길 조성으로 유동 인구가 늘어난 곳에 위치한 상가 건물의 주인. 그것도 돈이 많아서 그랬구나……. 세입자의 어려운 사정을 딱하게 여겨 준 갸륵한 마음에 엄청 감동했었는데. 물론 재벌이 천 원을 써도 마음이 있어야 쓴다고 하니 두 모녀를 향한 마음이 아주 없지는 않았을 테다. 그래도 역시 돈이 중요하다. 돈이 있어야 인품도 생겨난다.

며칠 전 라떼 여사는 전격적으로 지하 공사를 결정했다. 바퀴벌레를 없애는 방역에 시멘트 바닥에도 전기 패널과 장판 시공을 하기로 했다. 그러니까 거실이란 공간이 생긴다는 말이었다. 방 말고는 있을 곳이 없어 많이 답답했던 터라 완전 굿 뉴스였지만…… 굿 뉴스만 있지는 않았다. 공사 기간 동안 위층에서 지내기로 했단다. 오 마이 갓!

라떼 여사와 같이 지내는 게 힘들긴 하겠지만 바퀴벌레와 동침하지 않는 것만으로도 감사하니 버티기로 마음먹었다. 하지만 바로 저녁 밥상에서부터 그 냉엄한 현실을 깨달았다.

"꽉꽉 좀 먹어. 공부 못하는데 힘이라도 좋아야 할 거 아냐."

밥을 먹는데 라떼 여사가 시비를 걸었다. 출처가 분명한 공부 얘기에 엄마를 노려봤다. 숟가락으로 북엇국을 뜨던 엄마가 억울하다는 눈빛으로 고개를 저었다.

사람을 바보로 아나. 식탁 위 세 사람 중에 선빈의 성적에 대해 아는 사람은 둘. 그중에 자신은 아무 말도 안 했으니 범인이야 뻔한데 대놓고 발뺌이었다.

"네 엄마 아무 말도 안 했어. 학교에 공부 잘하는 놈이 많겠어, 못하는 놈이 많겠어? 대학 가기 힘들다고 집집마다 난리를 치는데 노인네라고 그것도 모를까 봐. 바보가 아닌 이상 다 아는 얘기야. 너라고 중뿔나겠냐고."

넘겨짚어 한 말에 선빈이 나서서 확신을 안겨 준 꼴이었다. 아, 진짜. 여우같이 약삭빠른 것 좀 보소! 선빈도 라떼 여사의 코를 납작하게 만들어 줄 한 방이 필요했다. 곤약조림을 잘근잘근 씹으면서 머리를 굴렸다. 왜 남의 개인 정보에 대해 말하시는 거예요, 하려는데 갑자기 의문이 든다. 구체적인 점수나 등수를 말한 것도 아닌데 개인 정보라고 할 수 있나? 확실하지 않으니 다른 공격이 필요했다. 유언비어 유포라고 할까? 그러기엔 성적 나쁜 게 사실이었고, 명예 훼손이라고 따지기엔 나한테 명예가 있나 회의감이 들었다. 그러다 또 한 방 먹었다.

"밥 먹는 게 하세월이네. 이렇게 굼떠서 뭐가 되려는지, 쯧쯧."

혀 차는 소리가 아주 사람을 잡는다. 공격도 타이밍이라 했다. 사람 앞에 놓고 무시하는 거 아니라고 대꾸하려는데 라떼 여사가 식탁에서 일어나 나갔다. 뒤통수에 대고 작게 욕이라도 한마디 하려 했지만…… 동방예의지국의 후손답게 참았다. 그럼에도 차라리 바퀴벌레와의 동침이 더 낫지 않을까 심각하게 고민했다. 그 녀석은 말이라도 없으니까.

고민할 것도 없이 바퀴벌레와의 동침에 한 표를 던질 사건은 그날 밤 일어났다. 시작은 국어 문제집이었다. 시험 기간 필요한 것들을 위층으로 다 가져왔다 생각했는데 국어 문제집이 안 보였다. 빈둥거림을 실천 중이긴 해도 점수로 망신을 당할 수는 없다는 생각에 지하 방에서 국어 문제집을 찾고 있는데 누군가 들어오는 소리가 들렸다.

쿵쿵, 지팡이 짚는 소리였다. 공사 상황을 보러 온 건가? 아무리 그래도 주인도 없는 곳에 막 드나들어도 되나 따질까 했지만 금방 마음을 바꿨다. 마주쳐 봐야 좋은 소리는 못 들을 테니 인기척도 내지 않고 숨어 있었다.

"괜찮다니까. 애미는 안 오고 애만 들어온다는데 왜 그리 눈치를 살펴."

"생각해 주시는 건 알죠. 제 마음이 불편해서 그래요."

라떼 여사만 있는 건 아니었는지 엄마 목소리도 들렸다. 도대체 무슨 소리를 하는 걸까. 내용은 모르겠지만 이야기하는 장소가 마음에 걸렸다. 공사 기간 중이라 선빈네는 위층에서 지내기로 했으니 당연히 지하 공간이 비어 있었다. 여기에서 대화한다는 것은 결국 선빈의 눈을 피해 왔다는 뜻이었다. 노래방 95점 이상의 점수를 자랑할 성량 좋은 라떼 여사가 볼륨을 낮춰 소곤거리는 것도 영 이상했다.

나 빼고 둘이 무슨 얘기를 하려고? 공사를 위해 짐도 다 뺀 상태라 지하 공간은 그 자체로 쓸 만한 울림통이었고 소곤거리는 소리까지도 잘 들렸다. 그 뒤로도 구체적인 내용 없이 라떼 여사는 괜찮다 하고 엄마는 불편하다고 말했다. 도대체 무슨 일이기에 저러는 걸까. 이야기를 매듭지은 건 라떼 여사였다.

"허튼 생각 하지 말고 그냥 지금처럼 해."

판사가 망치를 두드리는 것처럼 땅땅, 라떼 여사의 지팡이 소리가 들렸다. 아마도 밖으로 나가려는 듯했다. 남의 의견은 하나도 안 중요하고 항상 자기 얘기만 옳지. 고집불통 꼰대 같으니라고.

현관문이 닫히는 소리가 들리나 귀를 바짝 갖다 대고 있을 때 라떼 여사의 말이 들렸다.

"하여간 고집 피우는 건 옛날이나 지금이나 똑같구나."

옛날, 그 말이 묘하게 신경을 거슬렀다. 얼마만큼의 시간이 지나야 옛날이라 부를 수 있을까. 엄마가 라떼 여사 집으로 일을 하러 다니게 된 것도 채 두 달이 되지 않았다. 두 달 전의 시간도 옛날이라고 말할 수 있을까? 어쩐지 엄마와 라떼 여사는 오래전부터 알고 있다는 느낌을 받을 때가 종종 있었다. 관상이 과학이고, 육감이 증거라는 말처럼 느낌만 있었을 뿐인데 조금 전에야 그 해답을 찾았다. 라떼 여사가 돌아간 후 선빈은 계단 청소 아줌마에게 우리 엄마도 직업을 구하고 있다며 설레발을 쳐서 일하신 지 얼마나 되었는지 물었다. 라떼 여사는 청소 아줌마에게도 '옛날'이란 단어를 썼다.

"요기랑 요 옆 건물 한 지는 6개월 됐지. 엄마는 다른 일 하라고 해. 이거 보기보다 힘들어."

라떼 여사에겐 고작 6개월도 '옛날'이었다. 6개월 전도, 2개월 전도 똑같이 '옛날'이라니. 오래 산 사람에겐 시간의 구분도 무의미한 모양이었다. 생각해 보니 라떼 여사만 그런 것도 아니었다. 선빈도 넓은 아파트에서 아빠와 함께 살았던 시간이 옛날을 넘어, 전생 같았다.

상가 옥상은 공간의 반을 브런치 카페가 차지하고 있고 나머지 반은 나무 덱과 인조 잔디로 꾸민 정원이었다. 옥상 정원 군데군데 벤치도 놓여 있어 카페를 이용하지 않더라도 풍경을 즐기며 휴식을 취할 수 있게 만들어 놓았다.

선빈도 벤치 한 곳에 앉았지만 마음 같아선 코발트블루색 출입문을 통과해 카페에 가고 싶었다. 브런치 메뉴를 시켜 놓고 품격 있게 빈둥거리고 싶었다. 하지만 출입문 옆에 놓인 메뉴판의 가장 싼 메뉴도 13,500원이었다. 메뉴 옆에 붙은 사진을 보니 풀떼기 조금에 손톱만 한 치즈 몇 덩이가 전부였다. 예전 같으면 가격 따위 보지 않고 들어갔을 텐데. 더럽게 비싸네.

자꾸 브런치 카페 쪽으로 눈길이 갔다. 창가에 앉은 사람들은 다 행복해 보였다. 나만 빼고 모두 행복한 세상. 열받고 기분 더러웠다. 차라리 보지 말아야겠다.

"자기야, 하늘이 보이게 찍어야 돼."

잠깐 졸았나 보다. 새된 여자 목소리에 화들짝 놀라 깼다. 인조 잔디 위 하얀색의 계단 구조물에 여자가 올라가 있었다. 구조물의 이름은 '천국의 계단.' 십여 칸의 계단을 올라서 끝에 있는 하얀 사각형 프레임 가운데 앉아 사진을 찍으면 파란 하늘 배경과 인물만 부각되는 곳이었다. 인별 앱에서 '천국의 계단'을 검색하면 이곳에서 찍은 사진들을 확인할 수 있었다. 계단의 하얀색과 하늘의 파란색이 어우러져 한 폭의 그림처럼 사진이 찍혔고 그 까닭에 SNS를 하는 친구들에겐 꽤 유명한 장소였다.

좀 전에 선빈도 셀카를 찍으려 끝까지 올라갔는데 높이가 제법 아찔했다. 만약의 사고를 대비해 아래 매트가 깔려 있음에도 다리가 후들거렸다. 최대한 카메라의 각도를 아래로 해서 얼굴의 브이 라인을 강조해 찍었지만 결과물은 SNS에서 본 사진과는 영

달랐다. 두꺼운 구름이 가득해 어두컴컴한 하늘 가운데 얼굴만 붕 뜬 것처럼 기괴해 오컬트 영화의 포스터 같았다.

원피스로 한껏 꾸민 여자는 계단 위에 서서 남자 친구를 향해 이렇게 찍어라 저렇게 찍어라 지시했다. 쯧쯧, 애 많이 쓰시네. 아무리 그래도 건질 사진 없을 텐데. 다른 곳은 몰라도 이 장소의 주인공은 하늘이었다. 인물은 그냥 거들 뿐. 하얀 구름이 뭉게뭉게 퍼진, 혹은 물감을 풀어 놓은 것처럼 파란 하늘이 보여야 인생 사진을 찍을 수 있는 곳이었다. 그럼 헛수고 많이들 하세요. 자리를 뜨려던 차에 남자가 선빈에게 사진을 찍어 달라 부탁했다.

남자까지 계단 위로 올라가 여자 친구 옆에 바짝 붙었다. 한 장만 찍으면 예의가 아니니 몇 장을 더 찍고 있을 때 남자의 입에서 험한 소리가 터졌다.

"너 지금 뭐 찍은 거야? 불법 촬영 한 거 맞지?"

갑자기 소리를 지른 남자가 계단을 내려오더니 선빈 곁을 지나쳤다. 선빈보다 조금 앞쪽에 한 남학생이 있었다. 쟤는 언제부터 저기 있었지? 그런데 남학생의 자리가 조금 묘했다. 계단 꼭대기 여자를 몰래 찍기 딱 좋은 곳이랄까. 남자는 학생이 자신의 여자 친구 속옷을 찍었다고 의심했고 선빈이 보기에도 그 의심은 타당했다. 다만 한 가지 의문점. 남자 친구가 옆에 있는 걸 보면서도 그랬다고? 무슨 배짱으로?

선빈은 핸드폰을 돌려준 뒤 자리를 피하려고 했지만 솔솔 풍기는 범죄의 냄새가 호기심을 유발했다. 남는 게 시간인데 구경 좀 하다 가면 어떨까 싶었다. 게다가 요즘 뉴스에도 심상치 않게 나오는 사건, 불법 촬영이라니. 범인 검거의 현장을 생생하게 보는 것도 흔치 않은 기회였다. 그나저나 저 학생 임자 제대로 만났네. 딱 봐도 남자 친구 덩치가 장난 아니구먼. 한눈에 봐도 체급 차이가 제법 났다.

"지금 저한테 말씀하시는 거예요?"

그렇지, 발뺌을 해야 더 범인답지. 말하는 학생의 목소리가 떨렸다. 억울한 건 아닐 테고, 이제야 남자의 체구가 보였나?

"그럼, 여기에 너 말고 또 누가 있어? 너 뭐 찍었어?"

남자의 위력에 놀랐는지 학생은 슬그머니 핸드폰을 뒤로 감췄다. 뭔가 구린 녀석 맞네. 삭제할 시간도 없었으니 아마도 찍은 사진은 고스란히 핸드폰 속에 있을 테다.

"하늘 찍었는데요."

남자가 어이없는지 피식 웃었다. 선빈이 보기에도 말 같지 않은 변명이었다. 이렇게 어둑한 하늘을 찍었다고? 뭐 볼 게 있다고? 미안하지만 녀석의 미래가 하늘보다 더 암울할 것 같았다.

"하늘? 말이 되는 소리를 해라. 너 핸드폰 내놔 봐."

떳떳하다면 핸드폰을 보여 주며 증명하겠지. 아니나 다를까 학생은 자신이 왜 핸드폰을 보여 줘야 하냐며, 무슨 권리로 그런 요

구를 하냐고 따졌다. 두 사람이 핸드폰을 내놔라 싫다 옥신각신
하는 동안 옥상 정원에 있던 사람들이 주변을 에워쌌다.

"하, 이 새끼 봐라. 학생이라서 봐주려고 했는데 안 되겠네. 자
기야, 경찰에 신고해."

일이 점점 커지려고 했다. 저 요령 없는 녀석. 그냥 잘못했다고
빌면 될걸……. 경찰에 신고 들어가면 학교에 알려질 테고 그러
면 징계도 받을 텐데. 그나저나 저 교복은 어디 학교지. 처음 보는
교복인데도 선빈은 학생의 얼굴과 목소리에서 기시감을 느꼈다.
분명 어디선가 본 적이 있는.

"학생이 실수한 것 같은데 그냥 잘못했다고 빌어요."

구경하고 있던 엄마 또래의 아주머니가 한마디 거들었다. 아마
도 학생의 입장이 딱해 보여서 중재하려 든 눈치였다.

"전 잘못한 거 없어요. 그래도 더 이상 일이 커지는 건 원치 않
으니까 찍은 사진 보여드릴게요."

학생은 핸드폰 잠금을 풀어 남자에게 건넸다. 남자의 얼굴이 일
그러졌다. 만약 여자 친구의 사진이 들어 있었다면 대번에 노발
대발했을 텐데 그러지 않은 걸 보면 학생의 말이 맞은 눈치였다.
정말 이 어둑한 하늘을 찍었다고?

남자가 여자 친구에게 핸드폰을 넘겼다.

"자기도 한번 봐 봐."

여자의 옆에 서 있던 선빈도 흘낏 사진을 볼 수 있었다. 화면 가

득히 검은 구름 밖에 없었다. 쟤는 도대체 이런 사진을 왜 찍어서 쓸데없는 오해를 사는 건지……

"필요하시면 상세 정보도 확인하시든가요."

학생이 말했지만 남자는 괜찮다며 사양했다.

"학생, 미안하게 됐어."

남자가 사과하며 상황이 정리되자 구경하던 사람들도 흩어졌다.

사람들이 다 가고 난 후 선빈은 가까운 벤치에 앉아 슬쩍 학생의 행동을 관찰했다. 그는 사진을 찍고 확인하고 다시 찍고 확인했다. 뭐가 마음에 안 드는지 가끔 찡그리기도 하면서. 사명감을 가지고 하는 행동인 듯 진지했다.

선빈도 고개를 들어 바라봤지만 회색 장막을 펼친 것처럼 어두운 하늘에서 뭘 찾고 있는 건지 도대체 알 수 없었다.

"학생, 아까 미안했어요."

사라진 줄 알았던 아까의 커플이 브런치 카페에서 사온 음료수를 학생에게 건넸다.

"잠깐 보니까 사진첩에 하늘 사진이 많던데 원래 하늘 찍는 거 좋아하나 봐요."

남자가 학생에게 물었다. 그니까, 나도 그게 궁금하다고.

"네, 더 정확하게는 구름 사진 찍는 걸 좋아하지만."

그의 말에 커플이 동시에 위를 쳐다봤지만 어둑한 하늘이 도대체 왜 찍고 싶은지 이해할 수 없는 얼굴이었다.

"그나저나 비 올 거 같은데 우산 없어서 어쩌지?"

구름 낀 하늘을 보면 사진을 찍고 싶은 게 아니라 이렇게 우산 걱정을 하는 게 정상이다.

"요 아래 편의점에서 하나 사면 되지."

커플이 자리를 뜨려는데 학생이 저기요, 하면서 말을 걸었다.

"우산 안 사도 될 거 같은데……. 하늘이 어둡긴 해도 이 구름은 비 올 확률이 아주 적어요. 오더라도 소량이고."

커플이 다시 하늘을 올려다봤다가 학생을 향해 빙긋 웃었다. 핸드폰 가득히 구름 사진만 찍는 녀석이니 믿어도 된다는 듯이.

커플이 떠나고 옥상 정원 난간에서 도로를 쳐다보며 음료를 마시던 학생도 자리를 떠나려는지 벤치에 놓았던 가방을 들었다. 그리고 아랫입술을 쭉 내밀더니 훅, 입바람을 불었다. 앞머리가 살짝 흔들린 순간 녀석의 정체를 깨달았다. 앗, 참새다! 날아다니는 참새 아니고 참새마켓. 선빈에게 태블릿 피시를 샀던 그 아이도 신호등 앞에서 입바람을 불었다. 답답함을 날려 보내려는 듯이, 후우욱 길게.

빈둥 소녀의 무용한 일상

빈둥 소녀 20XX.05.07.

적응이 무섭다. 아빠 없이 지내는 생활에 너무 빨리 익숙해졌다.

이혼은 모든 관계의 종료를 뜻하는 건가…….

"아빠하곤 완전히 끝낸 거야?"

"아니."

엄마는 고민도 안 하고 대답했다.

"아빠 사랑해?"

"사랑? 그건 모르겠지만 쉽게 포기하진 않으려고."

엄마의 대답을 이해할 수 없었다.

관계의 가장 깊은 곳에는 사랑이 있다고 생각했다. 사랑 너머에도 다른 뭐가 있는 걸까?

사촌 언니가 이혼했단다. 몇 년 전 사촌 언니 결혼식에도 갔던 기억이 생생하다. 영원히 사랑하고, 죽도록 사랑한다고 하객들 앞에서 외쳤었는데. 그 말에 거짓은 하나도 없어 보였는데.

그런 걸 보면 사람들과 관계를 맺는 게 무섭다. 오래도록 잘 지낼 자신이 없다. 그래서 엄마 모습에 감동받았다.

"쉽게 관계를 놓아 버린 적이 있었어. 신중하지 못한 결정을 후회했거든."

엄마는 오래전 연애 이야기를 살짝 내비쳤다. 아빠랑 영원히 행복하게 살 거라는 약속은 못 하지만 지금은 아빠를 놓고 싶지 않다고.

아빠가 엄마의 말을 들었으면 엄청 감동했으려나. 아니다, 대책 없는 로맨티스트 아빠는 오히려 상처받을 수도 있겠다. 영원히 사랑한다는 말을 기대했을 테니까.

'영원한 건 절대 없어.'라는 옛날 노래의 가사가 새록새록 와닿았다.

전학 오고 가까워진 친구가 있다. 그 친구는 내가 리치 언니인 줄 안다. 몇 개 남아 있는 백팩이, 지갑이, 운동화가 그 친구의 오해를 불러일으켰나 보다.

그때는 맞고 지금은 틀리다. (영화 제목이었던가? 아님 반대였나?)

전생처럼 먼 과거에 좀 살긴 했었었었다. (완전 과거의 표현)

리치 언니가 아니면 얄팍한 관계도 깨지려나. 온갖 잡생각이 달려드는 밤이다.

└ **lazy girl**

몰래 들여다보다가 글 남겨요.

저는 사랑 너머에도 뭔가 있을 거라 믿어요. 책임, 보호, 사명 같은⋯⋯.

20XX.05.07. 23:51

└ **빈둥 소녀 (블로그 주인)**

앗 닉네임이. ㅎㅎ

20XX.05.08. 11:14

뉴페이스

고구마 밭에서 그 아이를 다시 만났다.

"여기는 2반에 새로 전학 온 강승진. 오늘부터 고구마 밭의 새 일꾼. 원래는 우리 반에서만 신청자를 받으려 했는데 알다시피 달랑 두 명뿐이라. 일손이 더 필요하던 차에 너희 둘처럼 아사 직전의 생기부를 가진 승진이를 발견, 바로 영입할 수 있었지. 자, 환영의 박수."

담임이 강승진을 소개하는데 주민하가 속삭였다.

"대감은 아무것도 모르는 전학생을 또 희생양으로 데려왔군. 다단계도 아니면서 웬일이니?"

주민하 말대로 담임의 실력에 놀랐다. 그제 전학 온 전학생을 짧은 사이에 꼬드겼다고 하니……. 잇속에 밝던 할머니가 속았던 것처럼 그렇게.

아이고 어머니, 허리 많이 아프시겠네. 제가 일찍 어머니를 잃어서 그런지 길에 다니는 우리 어머니들이 다 제 어머니 같아 도저히 지나칠 수가 없다니까요. 혹시 잠깐 시간 되세요? 저랑 같이 가셔서 안마도 받고 공짜 휴지도 좀 받으실래요?

미국 이모 집으로 가기 전 혼자 살던 외할머니는 길을 걷다 싸구려 의료기와 한 달 만에 고장 난 옥 장판, 손목에 알레르기를 유발시킨 게르마늄 팔찌를 사 들고 들어왔다. 한 달 뒤 카드값 폭탄을 맞기 전까지 할머니는 그 모든 물건이 허리를 굽혀 눈을 맞추며 사근사근 말을 걸었던 청년이 효도 차원에서 베푼 특혜인 줄 알았다고 한다. 담임 실력도 외할머니를 살살 구슬린 청년 못지않았다.

달랑 세 명이 치는 조촐한 박수에 강승진은 수줍게 인사했다. 그나저나 전학생이었단 말이지. 교복이 바뀐 이유가 있었다. 선빈은 전학생이 부디 기억력이 나쁘기만을 바랐다. '쿨거래 완전 조아'라니 닉네임 어쩔 거냐고.

담임은 비 예보가 있어서 오늘 두둑과 비닐 멀칭까지 다 해야 한다고 강조했다. 다행히 주민하는 학원에 가지 않는 날이었고 강승진은 학원을 알아보는 중이기에 늦게까지 시간을 낼 수 있었다. 선빈은 다시 안 하려고 했지만 의미 있으면서 '쓸모없는 일'을 찾기 힘들었다. 돈이 없어 자유롭게 돌아다니기도 쉽지 않은 데다가, 집에 돌아가 봐야 라떼 여사 목청에 시달릴 터라 다른 대안이 없었다.

담임이 삽을 가져와 강승진과 함께 세 줄의 두둑을 만들기로 했고 선빈과 주민하는 두둑 옆으로 떨어지는 흙을 괭이로 긁어내며 고랑을 선명하게 만들었다. 괭이의 용도는 호미와 비슷하지만 길이가 긴 탓에 허리를 덜 굽힐 수 있었다.

주민하가 틀어 놓은 발라드는 구슬펐고 괭이질도 한참을 하니 허리가 아팠다. 라떼 여사 목청 공격을 받는 게 차라리 나았으려나? 돈 안 쓰며 품격 있게 빈둥거리는 방법 어디 없냐고 블로그에 공지라도 올릴까 했지만 초라한 조회 수를 생각하면 답글이 달릴지도 미심쩍었다. 어쨌든 텃밭은 정말 안녕이다.

허리를 펴고 보니 삽질을 하는 담임과 강승진의 입에서 헉헉 거친 숨소리가 새어 나오고 있었다. 무지 열심히 사는 모습이었다. 쓸모없는 일에 이리 열심이라니……. 선빈은 주머니에서 핸드폰을 꺼내 두 사람의 사진을 찍었다. 찰칵, 소리에도 두 사람은 고개조차 돌리지 않았다. 오직 빨리 일을 끝내고 싶은 욕심에 소리조차 안 들리나 보다.

삽질의 고단함이여! 그 모습을 보면서 결심했다. 앞으로 삽질하고 앉아 있네, 같은 욕을 하는 자는 절대 용서하지 않으리라.

결국 담임이 자신의 핸드폰을 꺼내 빠른 비트의 트로트를 틀었다. 쿵짝 쿵짝 둠칫 둠칫. 단조로운 리듬인데도 이상하게 움직임이 훨씬 경쾌했다. 공장에서, 일터에서, 논밭에서 뽕짝 메들리를 틀어 놓는 이유를 알 것 같았다.

담임은 바쁜 일이 있다고 중간에 자리를 떠났다. 비닐 멀칭은 신입 회원과 함께 셋이 했다. 멀칭은 롤에 둘둘 말린 검정 비닐을 양쪽에서 풀어 가며 두둑 위를 덮는 것인데 비닐이 날아가지 않게 중간중간 핀을 꽂아야 하기에 세 사람이 한 팀으로 하면 편했다.

"담임 뭐냐? 신입 왔다고 완전 거저 드시네."

주민하가 담임 흉을 보려 하는데 강승진이 주머니에서 만 원 한 장을 꺼냈다.

"완전 거저는 아닐 거야. 멀칭 끝나고 간식 사 먹으라고 돈 주셨거든."

주민하가 사악한 웃음을 짓더니 잽싸게 돈을 빼앗았다. 그걸 지금 말하면 어쩌냐면서. 그러더니 원래 담임이 뒤에서 챙겨 주는 스타일이라고 칭찬을 시작했다. 리치 언니를 좋아한다더니 역시 자본주의적 인성을 갖춘 친구였다.

담임이 준 돈으로 가성비 끝판왕인 떡볶이 집에서 보글보글 끓어 오른 떡볶이를 한 입 먹기도 전에 정체가 발각됐다.

"저기, 태블릿 피시 참새 거래 맞지? '쿨거래 조아'던가?"

닉네임까지 기억하고 있다니, 방심하고 있다가 완전 당했다. 옆에서 주민하가 전학생이랑은 언제 거래했냐고, 이 정도면 참새 거상 아니냐며 키득키득 웃어 댔다. 쪽팔림 때문에 물건 잘 쓰고 있다는 강승진의 인사말도 귀에 들리지 않았다. 그런데 생각해 보니 이상했다. 강승진은 지난주 이사 왔다고 했는데 참새 거래는 그보다 이전이었다.

배가 다 찬 뒤에야 주민하가 강승진을 상대로 호구 조사를 했다. 어디서 이사 온 건지, 집이 어딘지, 가족이 어떻게 되는지. 강승진은 갑자기 엄마가 지방 근무를 하게 되어서 혼자 할머니 집으로 들어오게 됐다고 한다. 선빈과의 거래도 할머니 집에 왔던 날 우연히 하게 된 거라고.

하나 더 밝힐 게 있는데……. 말을 하던 강승진이 주민하를 보더니 그냥 입을 다물었다.

"그건 다음에 말해 줄게."

할머니와 엄마 얘기는 하면서 아버지 얘기가 쏙 빠졌지만 더 이상 묻지 않았다. 선빈 역시 누구 못지않게 감추고 싶은 사연을 가진 터라. 분명 주민하도 느꼈을 텐데 그냥 넘어갔다. 자본주의적 인성을 가졌어도 눈치와 개념은 챙긴 친구였다.

"집은 새나라마트 뒤편 골목에 살아."

컥, 물을 마시다 사레가 걸릴 뻔했다. 선빈 집과 상당히 가까운 곳이었다. 어쩐지 지난번 참새 거래가 끝나고도 같은 방향으로 걸어가더라니. 마주치지 않게 조심해야겠다고 생각하다 문득 서글퍼졌다. 왜 이리 피해야 할 사람들이 자꾸 생겨나는지. 라떼 여사도, 강승진도.

떡볶이집을 나온 후 강승진과는 신호등 앞에서 헤어졌다.

"어디 가? 같은 방향인 줄 알았는데."

어디 가?라니. 무슨 말이 저렇담. 우리 집이 어딘지 다 알고 있는 것처럼. 아니면 자기랑 계속 같이 갈 줄 알았나? 떡볶이 먹으면서 깔깔댔다고 너한테 관심 있는 줄 알았니? 강승진의 착각을 확실하게 깨 줄 필요가 있어 정색하며 말했다.

"우리 집은 이쪽이야."

놀란 듯한 강승진의 얼굴을 보면서 단호하게 방향을 틀었다.

강승진과 만날까 봐 거리를 서성거렸다. 이런 빈둥거림을 원하지는 않았다. 다리가 아파 횡단보도 앞 폭염 방지 파라솔 아래 의자에 앉다가 기둥에 머리를 쿵, 찧고 말았다.

옆 사람이 들었으면 상당히 쪽팔렸을 쿵, 소리에 선빈은 잊고 있었던 중요한 사실 하나를 깨달았다. 유레카! 선빈이 생각한 빈둥거림은 근사한 카페에서 음료 한잔 시켜 놓고 마냥 멍하게 있거나, 푹신한 소파 위에 누워 OTT 영상을 아무 생각 없이 보는, 미래의 관점에서는 쓸모없지만 현재의 몸과 마음엔 달콤한 휴식이 되는 그런 행위들이었다. 음료를 시킬 돈이 없다는 이유로, 푹신한 소파가 없다는 핑계로 '쓸모없음'에만 몰입해 있었다. 나른하고 편안하고 달콤한, 그런 쓸모없는 일이 분명 있을 텐데 고구마 농사라니……. 몇 번의 신호가 더 바뀌는 동안 선빈은 눈을 감고 원래의 목적에 어울리는 쓸모없는 일을 찾아보려 했지만…… 돈 한 푼 안 들이며 할 수 있는 일은 떠오르지 않았다. 카페도, 쇼핑도, OTT도 모두 돈이 들어가는 일이었다. 품격 있게 빈둥거리기 위해서라도 돈을 벌어야 하나. 알바를 하면 빈둥거릴 시간이 없을 텐데. 복잡한 횡단보도 앞에서 자본주의적 딜레마를 맞닥뜨리게 될 줄이야.

집에나 가자. 신호등이 바뀐 순간 주민하의 톡이 왔다.

─아까 좀 이상했지?

강승진 아빠 얘기를 묻는 듯했다. 뭐야, 뒤에서 쑥덕거릴 생각에 안 물었던 거야? 내 사연도 알게 되면 어디선가 이렇게 말하려나. 선빈이 읽고도 답을 안 하자 주민하가 또 톡을 보냈다.

─내 촉이 보통 아니거든.

─넌 못 느꼈어?

뒷담화의 공범을 만들고 싶은 거니? 불쾌함이 와락 올라왔다. 이래서 가까운 친구는 필요 없다. 예전에도 그랬다. 친한 줄 알았던, 앞에서 온갖 좋은 말을 해 주던 친구가 뒤에서는 선빈을 씹었다. 걔가 돈 빼면 볼 게 뭐 있냐며, 공부 못하니까 유학 가려는 거라고, 그게 돈 지랄이라고, 돈이라도 잘 쓰니까 놀아 주는 거라고. 약속보다 일찍 나간 선빈은 외진 골목에서 통화하는 친구의 목소리를 들었다. 그리고 곧장 집으로 돌아와 문자를 보냈다. 이제 아는 척하지 말자고. 구구절절 변명하기 귀찮았고 쌍욕하며 싸우기는 더 싫었다. 친구의 말은 사실이었고 그래서 가슴이 아팠다. 친구는 느닷없이 문자 하나로 관계가 끝났다며, 완전 어이없는 상황이라고 흥분했고, 선빈은 어느 순간부터 친구를 무시하는 개념 없고 싸가지 없는 아이가 되어 있었다. 내가 세상을 왕따시킨 거라고 우겼지만 사실은 믿었던 친구에게서 배신당한 고립이었다.

주민하, 너도 그런 거였니? 주민하와 함께 처음 만난 아이의 욕을 하긴 싫었다.

—그만해…….

선빈이 답을 보내기도 전에 톡이 또 왔다.

—밝힐 게 있다고 하다가 내 얼굴 보더니 말 안 하는 거 봤지?

'그만해'를 지우고 '뭔 소리야?'를 썼다.

—딱 보면 몰라? 날 찜한 눈치잖아.

허탈하고 미안했다. 이런 애를 의심했다니……. '너무 나간 거 아니야?' 썼다가 급하게 지웠다.

—고구마보다 사랑이 먼저 열리겠네.

선빈의 대답에 주민하가 '부끄부끄'라는 이모티콘을 보냈다.

운명의 장난

거리를 배회하다 집에 들어왔는데 엄마 눈이 퉁퉁 부어 있었다. 거실 바닥 공사도 끝나 주거 공간도 넓어졌고 수입도 두 배로 늘었다며 좋아했던 게 얼마 전이었다. 그 사이 또 무슨 일이 일어났기에 이러는 걸까.

"네 아빠 구속됐대."

다리에 힘이 풀려 주저앉았다. 며칠 전에도 아빠는 문제 해결을 위해 애쓰고 있다고, 아무 걱정 말라고, 금방 원래 자리로 돌아갈 수 있다고 큰소리 뻥뻥 치는 문자를 보냈었다. 그 말을 믿은 건 아니었지만 위로가 됐던 것도 사실이었다.

아빠는 무슨 배짱으로 그렇게 호언장담을 했던 걸까. 며칠 뒤에 벌어질 일도 까맣게 모르는 사람이. 그런 대책 없는 느긋함이 일을 더 키운 걸까. 아빠는 사기횡령죄로 재판을 받던 중 법정 구속이 되었다고 한다.

"무슨 횡령을 했다는 거야? 우리 사는 꼴 좀 보고 말하라 해."

선빈이 발끈하는 것과 달리 엄마는 체념한 어조로 말했다.

"모르겠어. 법적인 판단은 우리랑 다른가 봐."

변호사 비용도 지불해야 하는데 사돈의 팔촌까지 다 돈을 빌렸으니 어디에 또 손을 벌리겠냐고, 이러다 없는 죄까지 뒤집어쓰면 어쩌냐고, 엄마는 하염없이 울기 시작했다.

울지 말라고, 잘될 거라고 엄마를 위로해야 하는데 하고 싶지 않았다. 그럴 가능성이 없다는 것쯤은 짐작할 수 있었다. 입에 발린 달콤한 말이 얼마나 사람을 무기력하게 만드는지 선빈은 이미 알고 있었다. 아빠가 선빈 모녀에게 그랬던 것처럼.

울고 있는 엄마를 보고 있기가 답답해 바람이라도 쐬려고 나왔는데 기피 대상 1호를 코앞에서 만났다. 염색 방 앞 의자에 앉아 있던 라떼 여사가 퉁명스레 말을 걸었다.

"네 엄마는 오늘 뭐 하느라 코빼기도 안 보인다니. 아까 굴비 선물 들어온 거 몇 마리 준다 했는데 오지도 않고."

우리 엄마가 그렇게 우스워요? 공짜 굴비 몇 마리에 오라면 오고 가라면 가는 사람인 줄 알아요?

"불 켜져 있고 인기척도 나는데, 문 두드려도 아무 소리 없고. 아주 애미나 딸이나 노인네 알기를 우습게 알지."

아빠가 잡혀갔다고요, 동네 자랑할 일도 아니고 숨어서 혼자 울겠다는데 그것도 못 해요? 열 번 참았고 들이받을 때가 되었기에 입에서 험한 말이 나갈 줄 알았는데…… 왈칵 눈물이 터졌다. 하필 라떼 여사 앞에서 울게 뭐람. 울면서도 쪽팔렸다.

왜 우냐고 물으면 어쩌나 걱정했는데 라떼 여사는 물어볼 마음도, 달래 줄 생각도 없는지 선빈을 빤히 바라보기만 했다. 그러더니 주머니를 뒤져 핸드폰을 꺼냈다.

"아이고 김 여사. 어쩐 일이야 전화를 다 주고……."

순간 무슨 일인가 싶었다. 온 동네 떠나갈 듯 울려 대는 라떼 여사의 애창곡 소리를 한 소절도 듣지 못했으니까. 야야야 내 나이가 어때서, 사랑에 나이가 있나요. 그 노래가 좋아 절대 진동으로 해 놓지 않는다고 들었건만. 어럽쇼, 오지도 않은 전화를 받은 거야? 라떼 여사의 연기가 어색해 눈물이 흐르는 중에도 웃음이 나왔다. 라떼 여사는 마치 급한 일로 자리를 뜨는 것처럼 허둥지둥 집을 향해 걸었다. 한 손으로 전화를 받으면서 다른 손으로 지팡이를 짚으려니 다른 때보다 걸음걸이가 더 뒤뚱거렸다.

조용한 밤길을 걷는데 눈물 콧물이 계속 흘렀다. 눈물은 손으로 닦아 냈지만 콧물이 난감했다. 빈손으로 나와 휴지를 살 돈도 없었다. 누구에게 이 추접스런 모습을 들킬까 겁났다.

"오선빈?"

아씨, 누구냐고? 목이 꺾일 만큼 고개 숙인 거 봤으면 그냥 모른 척하지. 딱 봐도 절대 얼굴 공개는 안 된다는 의지의 표현 아니냐고. 할 수 없이 고개를 들었는데 주민하였다. 편의점 조끼를 입은 주민하가 야외 테이블을 정리하고 있었다. 재는 또 뭐하고 있는 거람.

"주민하의 이중생활을 이렇게 허무하게 들키나? 잠깐 여기 앉아서 기다려. 나 곧 끝나."

선빈이 야외 테이블에 앉아 있는 동안 주민하는 야간 알바와 교대하고 일을 마쳤다. 눈이 빨개서 운 티가 많이 났을 텐데도 휴지를 건네면서 태연히 물었다.

"남자 문제야, 가족 문제야?"

모든 불행이 자신을 타깃으로 삼아 다가오는 것 같았다. 왜 나만 가난하고, 나만 힘들고, 나만 비참한지 억울해서 견딜 수 없었는데 주민하에겐 고작 두 개의 범주 중 하나일 뿐이었다. 뭐가 이렇게 심플하지 의아하면서도 선빈은 무의식적으로 손가락 두 개를 폈다. 주민하가 그럴 줄 알았다는 듯 고개를 끄덕였다.

"2번? 가족 문제가 좀 더 복잡하고 어렵긴 하지. 그래도 너 정말 운 좋은 줄 알아. 딱 보면 알겠지만 내가 이 방면엔 아주 적임자거든."

그냥 위로가 받고 싶었을 뿐이지 궁상맞은 속사정을 말하고 싶지는 않았다. 그랬는데 대뜸 적임자라고 하니 어쩐지 한번쯤은 속 시원히 털어놓고 싶어졌다.

"나, 리치 언니 아니야. 우리 집 쫄딱 망했어."

"뭐 이렇게 급발진이야. 잠깐 기다려."

편의점에 들어갔다 나온 주민하가 밀크티를 내려놓았다.

"너 거래 좋아하잖아. 공짜로 비밀을 들을 수는 없지."

자본주의적 인성만은 철저하군. 달달한 밀크티 한잔에 마음이 말랑해졌고 선빈은 몇 달 전 새벽에 걸려 왔던 한 통의 전화로부터 시작된 일련의 비극을 줄줄 이야기했다. 순식간에 변해 버린 집안의 경제 상황과 어이없게 당한 전세 사기, 그에 따른 엄마의 가사 도우미 취업까지. 그리고 불과 삼십 분 전에 들은 아빠의 구속 소식까지.

이야기를 듣는 내내 주민하는 담담했다. 뭐야, 적임자라 하더니 어째서 전혀 공감 못 하는 표정이야. 교복값을 벌기 위해 했던 참새 거래나 바퀴벌레 사건 같은 구질구질한 디테일은 말하지도 않았는데.

"일단 비밀 보장에 대해선 안심해도 돼. 입이 무거워서가 아니라 보다시피 내 사정도 만만치 않아서 누구보다 그 마음 잘 아니까."

털어놓고 나니 후련했지만 뒷일이 걱정스러운 면도 없지 않았다. 주민하가 선빈의 마음을 알아차린 것처럼 먼저 비밀 보장에 대해 말해 줬다. 하긴 고등학생의 편의점 알바도 적지 않은 사연을 품고 있으리라.

"내가 적임자이기는 한데 남의 인생에 대해 뭐라 지적질을 하거나 충고를 할 만큼의 내공은 없어."

선빈 역시 그런 걸 바라지 않았다. 가슴에 꽁꽁 싸매 숨겨 둔 이야기를 그저 고개 끄덕이며 들어줄 친구의 역할이 필요했을 뿐.

"혹시 「샤이닝」이란 영화 알아?"

주민하가 뜬금없이 영화 이야기를 꺼냈다. 영화는 겨울이면 영업을 하지 않는 호텔에 관리인으로 취직한 한 남자의 이야기라고 했다.

"남자는 칩거해서 소설을 쓰고 싶어 했어. 그러니 손님도 오지 않는 호텔이 얼마나 좋아. 말 그대로 호캉스잖아. 하지만 과연 인생이 그렇게 호락호락할까? 천만의 말씀이지. 사실 그 호텔엔 남자의 가족만 있진 않았어. 무시무시한 악령들이 득실득실했거든."

유령을 표현하는 건지 주민하가 열 손가락을 꼬물거리며 심각한 표정을 지었다. 어때, 겁주는 표정이었지만 선빈의 귀에는 호캉스라는 단어만 들어왔다.

"글쎄, 보이지 않는다면 같이 살아도 괜찮지 않을까. 그래도 호텔이잖아."

어머, 애 좀 봐. 주민하가 핀잔을 줬지만 선빈은 바퀴벌레와 같이 사는 집보다 악령과 동거하는 호텔이 더 좋아 보였다.

"괜히 악령이겠냐고. 뭔가 나쁜 짓을 하니까 그렇겠지. 남자와 어린 아들의 눈에도 악령들이 보이기 시작했어."

미간을 좁히면서 주민하가 귀신 이야기를 해도 선빈은 내용이 와닿지 않았다. 악령이 뭐 어때서. 사사건건 간섭하고 잔소리하는 라떼 여사와도 위아래층으로 살고, 오랜 시간 라떼 여사와 대화하느라 저절로 스피커 기능을 갖게 된 염색 방 사장님과도 옆에 붙어 살고, 엄연한 개인 주거 공간을 허리까지 굽혀 들여다보면서 말을 거는 막무가내 아줌마와도 이웃으로 살고, 유일한 환기구인 창문 앞에 토악질을 해 놓고 도망가 버린 비매너 씨와도 한 동네에 살고 있는데. 이들이 정말 악령보다 나을까?

인적 구성만이 문제가 아니라 집 안의 먼지와 소음과 어둠, 곰팡이와 퀴퀴한 냄새는 어쩔 거냐고. 선빈은 다시 생각해도 호텔 쪽이었다.

"소설을 쓰겠다는 남자는 악령들에 휩싸여 점점 변해 갔어."

남자 주인공이 변해 갔다고? 나만큼 변했을까. 갑질하는 집주인 때문에 전화 받는 연기의 대가가 되었고, 친구에게 반지하 집을 들키기 싫어 낯선 거리를 헤매느라 만보 걷기는 우스운 운동 중독자가 되었고, 현금을 만들기 위해 상품 사진 찍고 판매 글 쓰면서 참새 거래의 달인이 되었는데……. 불과 얼마 전까지 한 번도 생각해 보지 못한 모습으로 살고 있는데……. 빈둥거릴 틈조차 없는 빈둥 소녀의 현실이 생각나 절로 한숨이 나왔다. 이런 선빈의 반응을 착각했는지 주민하는 만족한 표정을 지었다.

"변해 버린 남자는 그렇게 사랑했던 아들과 부인도 그저 없애 버리고 싶은 존재로 느껴졌어. 결국 어느 날 남자는 도끼를 들고, 확!"

주민하가 도끼를 든 시늉을 하며 눈을 부라렸다. 공부 빼고 다 잘한다고 하더니 연기도 제법이었다. 그런데 민하야, 나는 지금 위로가 필요하다고. 가족 문제 적임자라면서 끔찍한 공포 영화 얘기는 왜 하는 거냐고.

실망하는 선빈의 표정을 보면서도 주민하는 별일 아니라는 듯 어깨를 으쓱했다.

"이 정도로 끔찍하지 않으면 그냥 참고 살라고. 난 모든 가족 문제는, 아니 가족 자체가 엑스라고 봐."

주민하가 양팔을 들어 X자를 만들었다. 저건 또 뭔 소리람. 우리 가족은 영 아니란 뜻인가? 살짝 기분이 상했는데…….

"답을 구할 수 없잖아."

딱 봐도 수포자 같아서 예를 들었다면서, 너 2차 방정식 X값 구할 수 있냐고 물었다. 수포자라니, 사람을 뭐로 보고…… 당당히 따지고 싶었지만 주민하의 눈이 제법 정확했다. 2차 방정식의 해답을 구하는 것보다 우주 비행사가 되어 하늘의 별을 따는 것이, 아니 해녀가 되어 바다의 전복을 따는 것이 더 빠를 지도 몰랐다.

"풀리지도 않는 문제에 골머리 썩지 말고 그냥 네 인생만 살아."

돈을 벌고 싶으면 알바를 구하면 되고, 대학을 갈 생각이면 성적을 올리고 생기부를 살리면 된다고, 그게 네가 할 일이라고. 말을 마친 주민하가 남아 있는 밀크티를 한 번에 쭉 들이켰다. 꿀렁꿀렁 움직이는 주민하의 목울대를 보는데 뭔가 뻥 뚫린 느낌이 들었다. 당장 선빈이 할 수 있는 일도 주민하의 말처럼 고작 그 정도였다. 적임자까지는 모르겠고 가족 문제 전공자 정도는 되어 보였다.

괜찮다는데도 주민하는 집까지 바래다주었다. 거기에 비밀 투척에 대한 대가라며 삼각김밥 몇 개도 건넸다.
"폐기용이긴 해도 충분히 먹을 수 있어."
다정한 친구의 역할을 충실하게 수행한 주민하를 배웅하고 난 뒤에야 선빈은 출입문 손잡이에 걸린 검은 비닐봉지를 발견했다. 비닐봉지를 여는데 비린내가 은은히 퍼졌다. 수신인은 보나마나 라떼 여사일 테다.

진상 손님만 아니면 다 환영한다는 주민하의 편의점식 세계관에서 보면 라떼 여사는 선빈 모녀에게 은인이었다. 엄마에게 일자리를 제공하고 싼값에 주거 공간을 제공한 사람이었다. 선빈은 무심코 손에 든 편의점 봉지로 눈길이 갔다. 봉지 안에는 두유가 들어 있었다.

집에 오기 전 목이 마르다는 선빈에게 주민하는 두유를 추천했다. 선빈이 두유 옆에 놓인 우유를 집으려 하자 주민하는 가격표

위에 쓰인 투 플러스 원 표시를 가리켰다.

"리치 언니 아니라며. 투 플러스 원 행사하는데 당연히 두유를 사야지."

투 플러스 원 행사를 놓치긴 아까웠다. 돈 없는 건 알고 있고 밀크티도 사 줬기에 당연히 주민하가 내 주는 거라 생각했는데…….

"두유값은 내일 갚아라."

기브 앤 테이크라는 말이 인간으로 태어났다면 딱 주민하였다. 지독한 기집애 같으니라고. 어이없어 하는 표정을 읽었으면서도 주민하는 딱 잘라 말했다.

"야박하다 생각하는 건 아니지? 고작 그 정도 비밀은 밀크티면 충분해."

도대체 얼마나 더 큰 비밀이 있어야 두유까지 사 주는 걸까. '고작 그 정도 비밀'밖에 없던 탓에 제값을 치른 두유가 선빈의 손에 들려 있었다.

사실 선빈은 주민하 못지않게 기브 앤 테이크를 지키는 성격이었다. 굴비가 얼마인지는 모르겠지만 맨입으로 받고 싶진 않았다. 거기에 하필 골다공증 예방을 위해 두유 마시기를 즐겨하는 라떼 여사의 음료 취향도 알고 있었다. 굴비 비린내를 맡으며 선빈은 문득 운명의 장난이라는 말을 떠올렸다.

장난으로라도 라떼 여사에게 뭔가를 준다는 건 상상할 수 없는 일이었다. 하지만 운명도 장난을 치는데 겨우 열여덟 청춘이 장난을 못 칠 이유가 없었다. 비록 기피 대상 1호이며 앙숙이지만 아까의 쪽팔린 순간을 모른 척 넘어가 준 것에 보답하고 싶은 마음이 새록새록 들었다.

분명 그 갸륵한 마음은 아무 문제가 없었다. 타이밍이 문제였을 뿐. 선빈이 위층 현관문 손잡이에 편의점 봉지를 걸려고 할 때 덜컥 문이 열렸다. 고맙긴 해도 마주쳐서 반가운 얼굴은 아닌지라 얼른 돌아서려 했는데⋯⋯ 지팡이 소리도 없이 나온 사람은 라떼 여사가 아니었다. 이 낯익은 실루엣은 또 뭐람.

"오선빈?"

이 밤, 왜 이리 자신의 이름을 부르는 사람이 많을까. 라떼 여사의 집에서 나온 강승진이 선빈보다 더 놀란 얼굴로 물었다. 놀라서 동그래진 강승진의 눈을 보면서 선빈의 머릿속에 떠오른 생각은 하나밖에 없었다. 운명은 정말 장난꾸러기라고⋯⋯.

빈둥 소녀의 무용한 일상

빈둥 소녀 20XX.05.12.

'빈둥거리다'라는 뜻을 찾아봤다. 아무 일도 하지 않고 놀기만 하다,라고 한다. 인터넷에서 뜻까지 찾아본 이유는 빈둥거림을 실천하기로 했는데 그렇게 살고 있지 못하다는 생각이 들어서였다. 찾아보니 역시!

특별히 뭔가를 하고 있진 않지만 이상하게 바쁘다.

등교를 결정했을 때 전보다는 바쁠 거라 예상했었다. 학원을 다니는 것도 아니고, 공부를 열심히 할 것도 아니라서 아무리 바쁜들 '빈둥 소녀' 이름에 맞는 생활은 가능할 줄 알았다.

그런데 학교 다니면서 텃밭 일구고 고랑 만들고 비닐 멀칭까지 할 줄이야. 결국 코피까지 터졌다. 이게 '빈둥 소녀' 블로그에 어울릴 내용이냐고!

학교생활만 바빴냐고? 그 외에도 인간의 존엄이 무너지고 멘탈이 흔들리고 이불 킥 날릴 만큼 쪽팔린 일들이 줄줄이 이어졌다.

라쿠카라차 라쿠카라차 아름다운 그 얼굴

라쿠카라차 라쿠카라차 희한하다 그 모습

라쿠카라차 라쿠카라차 달이 떠올라 오면

라쿠카라차 라쿠카라차 그립다 그 얼굴

웬 노래 가사냐고? 전학 오기 전 학교에서 우리 반 합창 대회 곡이었다. 쿠카라차가 스페인어로 바퀴벌레래. 설마? 진짜네, 헐! 아이들과 얘기를 나눴던 기억도 있다.

노래 가사 속에서도 뜬금없었는데 그 쿠카라차랑 한 집에 살게 될 줄은 몰랐다. 바퀴벌레 때문에 새벽에 라떼 여사 집으로 도망갔다. 뭐, 그 일로 집을 수리하게 됐지만.

느닷없이 아빠는 X됐고, 참새 거래했던 녀석은 갑자기 텃밭에 나타나 농사 메이트가 되더니 밤에는 위층 라떼 여사 집에서 나타났다. 라떼 여사 손자란다. 그런 줄도 모르고 집을 들킬까 봐 거리를 헤맨 걸 생각하면 자다가도 이불 킥을 날리고 싶다. 열여덟 인생 중에 이처럼 롤러코스터급의 추락을 맛본 사람 있으면 나와 보시라!

원하지 않는데 몸도 마음도 바쁘게 살고 있다.

하지만 지금도 내 바람은 아무것도 안 하고 있지만 더 격렬하게 빈둥거리는 거다.

빈둥 소녀, 이름값 좀 할 수 있게.

└ **lazy girl**
어쩌면 저는 나갈 수 있을 것 같아요. ㅠㅠ

20XX.05.13 01:17

└ **빈둥 소녀 (블로그 주인)**

？？？

쉽지 않은 조건입니다. 다시 한번 생각해 보시길……

20XX.05.14 18:20

구치소

'공유'라는 단어는 옛날 드라마에서 가슴에 칼이 박힌 채 불멸의 삶을 사는 도깨비 역할을 맡은 배우 이름으로만 알고 있었다. 939년이란 지긋지긋한 생을 끝내기 위해선 인간 신부가 필요하다는 공유의 대사에 선빈은 저요, 하며 손을 번쩍 치켜들고 싶었다. 까짓것 신랑이 도깨비면 어떻고 930여 년의 나이 차이쯤이야 어때 하면서.

"우리 딸은 아직도 저런 말도 안 되는 드라마에 푹 빠져 있네. 근데 939년 전이면 도대체 언제야? 신라야? 백제야?

정답은 고려였고 아빠 역시 틀렸다. 그날 선빈은 몰입을 방해하며 갑자기 역사 관련 질문을 하던 아빠에게 눈을 흘겼다. 말이 안 되면 어떻고 고려 사람이면 어쩌라고요. 남자 주인공이 공유면 끝난 거 아닌가요?

구치소로 아빠를 만나러 가기 위해 차를 빌리면서 '공유'라는 단어에 물건을 공동으로 소유한다는 뜻도 있다는 걸 새삼 깨달았다. 말도 안 되는 얘기가 드라마 속에서만 벌어지는 게 아니라는 사실도. 내비게이션의 목적지가 구치소라니!

아빠를 걱정시킬 수 없다며 엄마는 오랜만에 진하게 화장을 했다. 광대에 올라온 기미를 감추기 위해 파운데이션을 양껏 두드렸고, 그 결과 얼굴과 목의 피부 톤이 너무 달라져 얼굴만 동동 떠다니는 결과를 초래했다.

"어때?"

묻는 엄마에게 선빈은 나쁘지 않다고 대답했다. 두꺼운 화장으로 불행을 감출 수 있을 거라 믿는 엄마를 실망시키고 싶지 않았다.

어이없지만 불행은 종종 행복의 얼굴로 찾아온다고 한다. 메이크업 전문가의 손길로 완벽하게 원래 얼굴을 감춘 것처럼 그렇게. 만약 불행이 물건이라면 포장 용기를 잘못 쓴 불량품이고 사람이라면 번드르르한 얼굴의 사기꾼일 테다. 그러니 이건 완전한 불법이라 말하고 싶지만…… 그리 할 수 없다는 건 선빈이 제일 잘 알고 있었다.

오천만 원짜리 소파를 거실에 놓았던, 가장 부유하다고 믿었던 그 시절, 아빠의 회사는 극심한 적자에 시달리고 있었다. 해결하기 힘들다는 재정 전문가의 말을 들었음에도 아빠는 신규 투자금을 받았고 주변의 만류를 무릅쓰고 무리하게 사업을 확장했으며, 우리가 남이냐는 가치관을 입증하듯 회삿돈을 공사의 구분 없이 썼다고 한다. 대책 없는 낙관주의자인 반면 치밀하지 못했던 아빠는 행복의 얼굴로 찾아온 불행을 옳다구나 하며 덥석 끌어안았을 테다.

변호사를 만나고 온 엄마는 아빠 말과는 달리 유죄 입증 증거가 넘쳐 난다는 사실을 확인했다고 한다. 집까지 다 날린 빈털터리 처지였기에 원고 측이 주장하는 착복이나 횡령은 아닐 거라 믿었는데…… 능력 있고 듬직하고 당당한 사람이라 믿었던 아빠는 그냥 민폐덩어리 사기꾼 그 자체였다.

운전을 하면서도 엄마는 계속 거울을 흘낏거렸다. 애써 한 화장이 맘에 들지 않는 눈치였다. 딸이 눈치껏 괜찮다고 말해 줬는데도.

"주말 면회는 경쟁률이 심해서 겨우 예약 성공했어. 아빠도 너 보고 싶다고 편지에 썼잖아. 근데 계속 그렇게 입술 내밀고 있을 거야? 엄마가 말했잖아. 죄는 미워하되……."

"그만 좀 해!"

버럭 소리를 지르고 말았다. 죄는 미워하되 사람은 미워하지 말라는 개같은 소리는 누가 했을까. 그럼 누굴 미워해야 하는데? 엄마 말을 들으니 아빠가 더 미웠다. 철없이 펑펑 돈을 쓰고 살았지만 횡령의 콩고물로 호의호식할 마음은 없었다. 가담할 의도도 없는데 공범이 된 기분이었다.

그래도 아빠를 만날 생각이었다. 누가 뭐래도 가족이니까. 혹시나 눈물이 나올까 싶어 휴지도 준비했다. 그렇게 각오를 했지만 선빈은 건물을 보자마자 충격받았다. 범죄자들이 있는 곳이라는 걸 증명이라도 하듯 담장이 위협적으로 높아 보였다. 한번 들어가면 다시 나올 수 없을 것 같았다. 저 벽을 통과해 들어가 수의를 입은 아빠를 만난다 생각하니 자신이 없었다. 생각보다 차가 많이 막혔다며 서두르는 엄마와 달리 선빈은 뒷걸음질했다.

"나 안 갈래. 무서워."

갑자기 마음을 바꾼 선빈 때문에 엄마는 목소리를 높였다.

"여기까지 왔으면서 이럴 거야? 그리고 무서워? 저기 무서운 곳에 아빠는 혼자 있어. 아무리 아빠가 나쁜 놈이라 해도 가족은 같은 편이어야 되는 거 아니야?"

선빈에게 더 쏟아 낼 말이 많은 눈치였지만 예약한 면회 시간이 임박한 탓에 엄마는 혼자 구치소로 들어갔다. 차 키만 달랑 건네주면서.

혼자 차로 돌아와 뒷좌석에 모로 누웠다. 거리마다 보이는 흔한 카페도 편의점도 없는 곳이라 차 말고는 달리 있을 곳이 없었다. 좌석이 좁은 탓에 다리를 접어 누웠더니 불편했다. 마음은 더 웅색하게 굽어진 듯했다.

엄마는 배신자를 보는 듯한 눈빛이었다. 아빠가 얼마나 실망할지 선빈이 제일 잘 알고 있었다. 딸 바보를 자처했던 사람이니까. 그걸 알면서도 면회를 가지 않은 건 정말 배신이려나. 아빠와는 다른 편이 된 건가.

아무리 생각해도 그건 아니었다. 선빈은 그냥 무서웠다. 영화나 드라마에서 수도 없이 봤던 장면이었기에 선빈 역시 아무렇지 않을 줄 알았다. 높은 담장을 본 것만으로 무너져 버릴 줄은 몰랐다.

왕복 여섯 시간이 무색할 만큼 면회 시간은 짧다고 했다. 엄마에게 미안한 마음이 들어 차 밖으로 나와 구치소 입구로 걸었다. 울면서 면회를 마쳤을 엄마를 위로해 주고 싶었다.

구치소 앞은 아까와 다르게 사람들이 제법 모여 있었고 웅성웅성 소리가 들렸다. 무슨 일이 생긴 건가?

구치소라 해도 범죄자들의 사회적 지위는 천차만별일 터였다. 마약 사건에 연루된 연예인, 선거법을 위반한 정치인, 뉴스에 나온 연쇄 살인범, 개미 투자자들을 울린 경제 사범, 아빠와 같은 사기꾼······. 무슨 일로 사람들이 모여 있는 걸까?

단순한 호기심으로 가까이 간 것 뿐인데 모여 있는 사람들 속에 강승진이 보였다. 아니, 정문을 향해 등을 돌리고 선 남자에 가려 반밖에 안 보였지만 강승진 같았다.

아닐 거야. 학교도, 집도, 골목길도, 지하철역도 아닌 구치소 앞에서 강승진을 만나는 건 비현실적이었다. 선빈은 좀 더 가까이 다가갔다. 스케치북만 한 종이를 들고 있던 남자가 옆으로 비켜 나자 비로소 모습이 드러났다. 강승진이었다.

남자가 비켜나면서 강승진의 시야가 트였고 하필 선빈 쪽이었다. 이크, 당황해서 고개를 돌렸다. 잠깐 멈춰 서 있었지만 선빈의 이름을 부르는 소리는 없었다. 티 나지 않게 천천히 발걸음을 옮겨 다시 주차장으로 왔다. 그날처럼 강승진과 또 마주치고 말았다.

그날 강승진을 뒤따라 나온 라떼 여사는 선빈을 보자마자 주저리주저리 떠들기 시작했다. 우리 집 일하는 아줌마 딸이라고, 아래층에 산다고, 학교 안 가겠다 뺀질거리다 정신 차린 지 얼마 안된다고, 너랑 같은 학교라고.

말릴 새도 없이 순식간에 선빈의 정보가 새 버렸다. 이 정도면 개인 정보 불법 유출이 아닐까? 아니, 보란 듯이 앞에서 하면 불법이 아니려나.

라떼 여사에 대한 분노는 접어 두고 선빈은 차분하게 생각했다. 강승진은 왜 여기서 나온 걸까. 선빈이 라떼 여사의 말에서 캐낸 정보는 '우리 집' 하나였다. 위층에 산다는 거구나. 라떼 여사의 딸이 가족들과 캐나다에 있다 했으니 아마도 강승진은 죽은 아들의 자식일 테다. 그래서 아빠 얘기를 안 했구나.

불과 몇 시간 전 집을 알려 주기 싫어 동네를 빙빙 돌았던 노력이 무색하게 바로 발각되다니. 선빈은 낭패감에 입술을 잘근 깨물었지만 티내고 싶지 않았다.

"이거 할머니 드려."

선빈만큼이나 얼떨떨해하는 강승진에게 두유를 내밀고 쿨 하게 돌아섰다……고 말하고 싶지만 쪽팔림에 얼굴이 폭발할 것 같았다.

집에 오자마자 위층 재 누구냐고 소리쳐 물었다. 아빠의 구속에 눈물 콧물 쏟던 엄마는 선빈의 표독한 목소리에 놀라 변명을 늘어놓았다. 왜? 벌써 만난 거야? 같은 학교 애라서 놀랐지? 엄마가 미리 말한다는 걸 깜빡했네.

"할머니 손자야. 지난번에 우리 잤던 방에 도배한다 했잖아. 거기 들어온 거야."

엄마는 같은 학교 아이라 껄끄러울 수는 있겠지만 요즘 애들 같지 않게 입이 무겁고 착하다고, 그리고 넓은 학교에서 마주칠 일이 자주 있겠냐며 혹시라도 마주치면 그냥 피하라고 했다. 연이어 사건이 터지니 아빠의 구속은 벌써 몇 꼭지 지나간 뉴스 같았다. 엄마도 당장은 같은 학교 아이와 한집에 살게 된 딸의 걱정이 더 큰 듯했다.

엄마의 난처한 표정을 보면서 선빈은 지난번 지하실에서 라떼 여사와 나눈 이야기를 떠올렸다. 애미는 안 오고 애만 온다는. 그때 대화가 이거였군. 그런데 손자가 오면 안 될 이유가 있나? 엄마는 왜 그리 망설이고 힘들어했을까.

엄마는 선빈의 눈치를 보며 자꾸만 변명을 했다. 광대 위에 기미가 불빛에 도드라졌다.

강승진은 그 일에 대해 아무 말도 하지 않았다. 그래도 얼굴을 보는 게 편하진 않았다. 도대체 무슨 꿍꿍이 속인지 알 수 없어 답답하기도 했다. 가끔은 강승진의 그런 태도가 자신의 약점을 가지고 조롱하는 것으로 느껴지기도 했다.

가사 도우미 딸에, 같은 집 지하에 산다는 것까지 약점 두 개를 노출했는데 아빠의 구속까지 알리고 싶진 않았다. 강승진이 날 알아봤을까? 일행들이 있었으니 정신이 없어 못 봤을 거야. 그래도 시선의 방향이 딱 내 쪽이었는데……. 답도 안 나오는 질문과 대답이 끝없이 이어졌다. 눈이 빨간 엄마가 차로 올 때까지.

"아빠한테는 너 바빠서 못 왔다고 했어."

두껍게 두드려 댄 파운데이션이 눈물에 지워져 얼룩덜룩했다. 저렇게 울었으면 말도 제대로 못 했겠네. 자신이 따라 들어갔으면 좀 덜 슬퍼했으려나. 미안한 마음이 들었다.

"아빠는 어때?"

"어떻긴 어때, 안 좋지."

126

아직도 선빈에게 화가 났는지 목소리가 싸늘했다. 코를 팽 푼 엄마가 돌아갈 길이 멀다며 출발했다. 집으로 가면 또 강승진을 볼 텐데……. 엄마에게 미안한 마음이 드는 것과 별개로 걱정이 앞섰다.

"혹시 나오는 길에 아는 사람 만났어?"

아는 사람? 되묻는 걸 보니 엄마는 강승진을 못 만난 눈치였다.

"여기가 어디라고 아는 사람이 있어."

그러니까, 여기가 어디라고. 걔는 홍길동도 아니면서 왜 여기저기서 튀어나오냐고. 사람 신경 쓰이게.

약점

아빠 사건의 영향인지 정직한 것들이 좋아졌다. MR 제거를 해도 노래 실력이 똑같은 가수, 시간당 15,000원의 가사 도우미 시급, 위급 상황을 신랄하게 보여 주는 담임의 머리카락, 빈둥댄 시간만큼 떨어진 성적, 먹은 만큼 나온 뱃살까지. 모든 게 정직했고 그래서 받아들일 수 있었다. 텃밭 농사는 그중 제일 정직했다. 땅은 갈아엎은 만큼 부드러워졌고 허리가 아픈 만큼 두둑이 높아졌다.

중간고사가 끝난 뒤 고구마 순을 심었다. 격렬하게 아무것도 안 하고 싶었고, 코피가 날 정도로 힘들었기에 텃밭에 안 가고 싶었지만 결국 갔다. 절대적으로 타의에 의해서.

"오늘 고구마 순 심는다고 하던데 갈 거지?"

담임이나 주민하가 물었다면 고개를 저었을 테지만 이 질문의 화자는 강승진이었다. 선빈의 약점을 두 개나 — 어쩌면 세 개까지도 — 알고 있는 아이. 간단한 질문인데 생각이 많아졌다. 만약 안 간다 하면 자신을 피한다고 생각하려나, 아니면 내가 없는 곳에서 비밀을 떠들어 대려나. 엄마 말대로 입이 무거운 건지 의뭉스러운 건지 아직은 판단할 수 없었다. 거기다 구치소 앞에서 만났던 것도 상당히 의아스러웠다.

친구는 가까이, 적은 더 가까이! 적진 깊숙이 들어가기로 정했다.

"당연히 가지. 힘든 일 하는데."

멀쩡한 비닐 위에 호미로 구멍을 뚫고 고구마 순을 비스듬히 밀어 넣었다. 담임은 고구마가 뿌리채소라 수직으로 심으면 캘 때 힘들다고 강조하며 시범을 보였지만 예상했던 대로 능숙해 보이진 않았다. 주민하 말대로 주말농장 일주일 차 실력이랄까.

또 너구나. 뽀로로 스티커가 붙은 호미를 오랜만에 만났다. 담임의 아이가 주말농장에서 썼던 호미겠지. 오늘도 잘해 보자, 뽀로로와 합심했건만 작은 구멍을 통해 고구마 순을 눕혀 심는 게 쉽지 않았다. 그나마 물기를 흠뻑 먹은 땅이 촉촉해 다행이었다. 공부 빼고 다 잘한다는 주민하는 역시 손이 빨랐다. 하늘이 내린 일꾼이었다. 한 두둑씩 맡기로 했는데 강승진이 제일 느려 마지막엔 주민하가 도와줬다. 전에 선빈이 힘들다 했을 때는 꾀피우지 말라더니 강승진 앞에서는 팔을 걷어붙였다. 땀을 주룩 흘리면서도 눈웃음을 잃지 않는 저 콘셉트는 뭐지⋯⋯. 정말 고구마

밭에 사랑이라도 열리게 만들 셈인가?

담임은 고구마는 잎과 줄기, 열매까지 모두 먹을 수 있는 완전체 식품이라며 고구마 예찬론을 펼쳤다. 고구마 잎을 먹는다는 건 처음 들었는데 인터넷을 찾아보니 장아찌로 만들어 먹을 수 있었다. 땅을 고르고 두둑을 만들면서 며칠 고생했지만 물만 주면 알아서 잘 자라는 기특한 작물이라고 했던 담임의 말처럼 고구마는 하루가 다르게 무성해졌다.

주민하는 유난스럽게 텃밭의 이름까지 지었다. '비타민'이라고. 우리의 허약한 생기부를 살려 줄 테니 이보다 더 좋은 이름이 어디 있겠냐 하면서. 그러더니 같은 이름의 단체 톡방을 만들어 강승진과 선빈을 초대했다.

뜻이야 어찌됐건 단체 톡방은 아무리 봐도 과했다. 담임 말대로 고구마는 사흘에 한 번씩 돌아가며 물만 주면 됐다. 고구마 수확 전까지 모일 일도 없기에 단체 톡방을 만든 건 친목 도모 이상도 이하도 아니었고 선빈은 그 의도가 거북했다. 고구마만 키우면 되지 굳이 친해질 일이냐고.

고구마 순을 심던 날 강승진은 선빈과 주민하에게 수제 비누를 선물했다.

"어성초 섞어서 만든 비누야. 내가 민감성 피부라서 아무 세안제나 함부로 못 쓰는데 이건 잘 맞더라."

L 브랜드의 향기 좋은 비누만 써 왔던 선빈은 선물을 받고도 덤덤했다. 그에 반해 주민하는 자기도 신경 쓰면 여드름 많이 난다면서 어성초 비누는 어떻게 만드냐며 호들갑을 떨었다.

"아빠가…… 아니 엄마가 환경에 관심이 많아. 화학 성분 들어간 제품 쓰는 걸 싫어하셔. 그래서 만들어 주셨어."

환경에 관심이 많다니 어머니가 너무 교양 있으시다. 나도 지구 온난화며 탄소 배출 문제에 관심 많아. 귀를 의심했다. 선빈은 주민하가 환경에 대해 말하는 걸 한번도 들은 적이 없었다. 가족 문제에 더해 환경 문제 전문가 행세까지 하려 하다니.

그러거나 말거나 선빈은 강승진의 실수에 꽂혀 있었다. 조금 전 강승진의 첫마디는 아빠였다. 곧바로 엄마라고 말을 바꿨지만. 라떼 여사의 아들은 몇 년 전 세상을 떠났다고 들었다. 그런데 아빠라니? 물론 죽은 아빠 얘기도 얼마든지 할 수 있다. 강승진의 행동이 어색하지만 않았다면 선빈 역시 신경도 쓰지 않았을 테다. 아빠라고 말한 뒤 강승진은 얼결에 선빈의 눈치를 봤다. 하면 안 될 말을 뱉어 놓고 화들짝 놀란 것처럼. 아빠라는 말이 대체 왜?

혹시, 설마…… 강승진의 아빠가 살아 있다면? 살아 있는데 생존 여부를 밝히기 쉽지 않은 상황에 처해 있는 건 아닐까? 예를 들면 교도소에 들어가 있다든가 하는.

아빠가 있는 곳은 아직 형량이 나오지 않은 미결수들과 이미 형량을 받은 기결수가 같이 있었다. 구치소와 교도소가 같이 있는 시설이었다. 만약 강승진 아빠가 몇 년 전부터 그곳에 있었다면 그날 강승진을 구치소 앞에서 만난 게 설득이 됐다. 그렇지만 이 가설의 치명적인 오류는 바로 라떼 여사였다.

"거짓부렁하는 것들이 제일로 싫어. 분명 쓰레기 무단 투기 하는 거 봤는데 따라가서 잡으니까 자기가 안 했대. 그러면서 CCTV 까 보자고 소리만 질러."

'거짓부렁'을 제일 싫어하는 라떼 여사가 아들이 죽었다고 거짓말을 했을까? 그건 아니지 싶었다. 그럼 왜?

선빈 혼자 생각에 잠겨 있는 동안 두 사람은 무슨 얘길 하고 있었던 걸까. 화제는 핸드메이드로 넘어가 있었다.

"우리 아빠도 손재주 좋아. 선반이랑 도마도 만든 적 있어."

주민하가 말하는 동안 강승진은 슬쩍 선빈의 눈치를 살폈다. 왜 눈치를 보는지 생각하다가 깨달았다. 우리 아빠 때문이었어? 구치소에 있어서?

강승진은 선빈 앞에서 조심해야 한다는 걸 알고 있었다. 그래서 아까도 아빠, 소리에 선빈 눈치를 살폈던 거다. 역시 봤구나, 이미 알고 있었구나……. 알면서 아무 말 안 한 거였구나……. 온몸에서 힘이 풀렸다.

친구는 가까이, 적은 더 가까이,라는 말에 이보다 더 좋은 지리학적 위치가 있을까. 적이 바로 위에 살고 있으니 말이다. 거기에

80년대 지어졌다는 라떼 여사의 집은 소음과 진동에 취약해 위층의 발걸음 소리, 변기 물 내리는 소리를 실시간으로 들을 수 있었으며 현관문은 출입할 때마다 온몸을 다해 끼이익 비명을 질러대기 일쑤였다. 누가 나가고 들어오는지를 절대 모를 수가 없는 구조였다.

핑계는 위층의 부실한 주택 시공 문제였지만 목적은 평화로운 학교생활을 위한 자구책 마련이었다. 강승진에게 일방적으로 약점을 잡힌 채 살 수는 없었고 선빈도 사용할 수 있는 패가 하나 있어야 하지 않을까 싶었다.

끼이익, 현관문 소리가 들렸다. 시계를 보니 9시 5분이었다. 학원에 안 가는 날이면 강승진은 이 시간쯤 집을 나섰다. 선빈이 눈치를 챈 것만 해도 벌써 세 번째였다. 그러니까 미행을 세 번 했다는 뜻이다. 강승진은 의외로 둔한지 선빈이 뒤에서 따라가도 영 모르는 눈치였다.

'미행'이란 단어만 듣고 엄청 구리고 비밀스런 뭔가를 기대했다면 미리 사과를 하고 싶다. 강승진은 사거리 신호등을 건너 시장으로 가는 길 중간쯤에 있는 상가 건물 주변을 어슬렁거리다 집에 오곤 했다.

1층에 약국과 꽃집이 있고 2층은 음악 학원, 3층과 4층은 일반 사무실과 건물 옥상에 옥탑방이 있는 상가였다. 상가의 이름은 '정심 빌딩'이었는데, 강승진은 늘 정심 빌딩을 둘러보기만 했다.

약국과 꽃집을 가는 것도 아니고 음악 학원을 다니는 것도, 사무실에 들르는 것도 아니었다. 아는 사람이 있는 곳인가 싶었지만 전화로 누군가를 불러내지도 않았다.

혹시 이 상가를 사고 싶은가? 라떼 여사가 돈이 많으니 나중에 사 달라고 하려나? 왜 자꾸 이 건물을 둘러보는 걸까? 뭔가 약점을 잡고 싶었는데 호기심만 더 늘어났다.

강승진이 건물 주변을 둘러보는 사이 선빈은 주민하에게로 갔다. 정심 빌딩에서 주민하 편의점이 멀지 않았다. 투 플러스 원 초코우유를 당당히 결제하고 하나는 열혈 알바에게 드렸다.

"잠깐 기다려. 금방 교대할 오빠 올 거야. 폐기로 나온 스파게티 하나 나눠 먹자."

편의점 내 취식 코너에서 기다리는데 선빈의 말처럼 교대 알바가 도착했다. 10시부터 새벽을 다 책임진다는 알바생은 척 보기에도 안쓰러울 만큼 말랐고 얼굴도 푸석푸석했다. 밤잠을 못 자니 그런 모양이었다. 어린 시절 선빈이 좋아했던 『월리를 찾아라』의 월리 같은 몸매에 생기만 쪽 뺀 모습이었다. 주민하가 월리 알바에게 잔소리를 늘어놨다.

"콘셉트 정한 거야, 불쌍해 보이는 걸로? 도대체 알바를 몇 개나 하는 거야? 돈도 좋지만 몸도 생각해야지. 아휴, 말을 말아야지. 내 입만 아프다니까."

말과 다르게 주민하는 자신이 먹으려고 데웠던 스파게티를 월리 알바에게 넘겼다.

"얼른 먹어. 먹는 동안 내가 계산대 지킬 테니까."

월리 알바는 주민하가 건네준 스파게티를 흡입하듯이 먹었다. 그 모습을 보더니 주민하가 천천히 먹으라고 잔소리를 하다 결국 사이다까지 한 병 결제해 건넸다.

"콘셉트 잘 잡았네. 동료 알바 삥도 뜯고."

스파게티를 다 먹은 월리 알바가 계산대로 가고 나서야 선빈은 주민하와 편의점을 나올 수 있었다.

"저 오빠 가장이야. 자세한 사정은 모르겠지만 알바 무진장 많이 뛰어. 저러다 죽으면 어떡하나 걱정될 정도로."

주민하는 알바 오빠 걱정을 하며 폐기 삼각김밥을 우적우적 씹었다. 씹다가 목이 막히는지 선빈이 사 준 초코우유를 쪽 빨더니…….

"우리 집도 가난해. 뭐, 짐작했겠지만. 부모님이 사업하다 망했는데 그 빚이 아직 많이 남았어. 그래서 자주 싸우고, 괜찮다가 술 먹으면 또 싸우고. 암튼 그렇게 살아."

맥락도 없는 말을 했다. 넌 무슨 이런 말을 마을버스 정류장 앞에서 삼각김밥 먹으며 하는 거니. 선빈이 의아하게 쳐다보자 주민하가 초코우유를 가리켰다.

"초코우유값 정도의 얘기는 해야 할 것 같아서."

초코우유? 그게 뭐, 싶다가 지난번 주민하가 밀크티를 사 줬던 기억이 떠올랐다. 고작 그 정도 비밀은 밀크티면 충분하다는 말도. 아 그래서……. 웃음이 났다. 주민하는 존경스러울 만큼 자본주의적 근성으로 똘똘 뭉쳐 있는 아이였다. 그래서 싫냐고? 천만에. '고작 그 정도 비밀'이라는 말에 선빈이 얼마나 큰 위로를 받았는지 주민하는 모를 거다.

"그래, 초코우유값만큼은 된다."

농담인데도 주민하는 진지한 얼굴로 나오지도 않는 초코우유팩만 죽어라고 빨았다. 그래 하나 더 먹어라, 하며 선빈이 자신의 초코우유를 건네주기 전까지.

집이 근처라기에 이번엔 선빈이 데려다주겠다고 했는데 갑자기 주민하가 헬스클럽 입간판 뒤로 숨었다. 설마 거기에 네 몸뚱이가 가려진다고 생각한 거니? 그러더니 주민하는 선빈까지도 입간판 쪽으로 끌었다.

"저기 강승진 있어."

근데 왜 숨냐고. 텃밭에서 강승진에게 눈웃음칠 때는 언제고. 주민하는 급하게 가방을 뒤져 거울을 꺼내더니 얼굴을 확인했다.

"얼굴 번들거리는 것 좀 봐. 숨길 잘했네."

선빈과 주민하가 숨어 있는 동안 강승진은 다시 집 방향으로 걸어갔다.

"강승진 집 새나라마트 근처라고 안 했나? 근데 여기서 몇 번이나 봤어. 그제는 학교 끝나고 집에 가는 길에 보니까 약국 건물 사진을 찍고 있더라. 구름만 찍는 건 아닌가 봐."

약국 건물이라면 정심 빌딩이었다. 밤낮으로 둘러보고 건물 사진까지 찍었다니 확실히 정심 빌딩과 관련된 무슨 사연이 있는 것 같았다. 얼굴에 팩트를 두들겨 대느라 몰랐겠지만 선빈은 주민하를 향해 음흉한 웃음을 지었다. 꽤 쓸 만한 정보라는 생각이 들었다. 하나 더 건네준 초코우유값만큼은.

학교에서부터 강승진 뒤를 밟았다. 주민하가 무심코 던진 정보를 통해 강승진이 학원 가는 날 정심 빌딩을 들렀다는 것도 알아냈다. 생각해 보니 강승진 학원이 지하철역 근처라 정심 빌딩에서 멀지 않았다. 낮에도 들를 수 있다는 걸 놓쳤다.

가끔 수사 프로그램에 나오는 형사들은 미행이 어렵다고 하던데 강승진은 원래 직진형 인간인지 아니면 눈치코치는 텃밭에 같이 파묻은 건지 선빈이 뒤따라 다녀도 한 번을 뒤돌아보지 않았다. 뭐, 선빈으로서는 고마운 일이었다.

주민하의 말처럼 강승진은 정심 빌딩 옆 골목으로 돌아가 핸드폰을 들고 사진을 몇 장 찍었다. 선빈은 강승진의 모습을 건너편 골목에 숨어 지켜봤다. 4차선 도로를 사이에 둔 데다 차량 통행으로 시야가 자주 막혀 답답했지만 이곳 말고는 마땅하게 숨을 곳이 없었다. 차량의 흐름 사이로 강승진의 모습이 보이다 말다 했다.

그것만으로도 감질나 죽겠는데 마을버스가 앞에 서면서 시야가 완전 막혔다. 선빈이 숨은 골목 앞이 마을버스 정류장이었다. 왜 이렇게 타는 사람이 많은 건지. 선빈의 초초한 마음을 모르는 할머니 한 분은 기사 아저씨에게 구립 체육 센터 가냐고 묻기까지 했다. 할머니, 버스 옆에 써 있잖아요. 지하철역, 구립 체육 센터 운행한다고. 기사님의 대답에 감사합니다, 인사말까지 챙기고 할머니가 천천히 올라탄 후에야 버스가 출발했다. 버스가 떠나고 시야가 트였을 때 강승진의 모습은 찾을 수 없었다.

영화에서도 잠깐 한눈파는 사이 사람이 사라지곤 했는데 이렇게 긴 시간 시야가 막혔으니 강승진을 놓쳤어도 할 말이 없었다. 선빈은 길을 건너 강승진이 사진을 찍었던 골목으로 갔다. 별게 없었다. 박스 같은 재활용품과 쓰레기봉투 몇 개가 다였다. 강승진처럼 고개를 치켜들어 봤지만 위쪽의 시야에도 딱히 문제가 될 건 보이지 않았다. 녀석의 관심을 끄는 건 도대체 뭘까?

골목을 나와 약국과 꽃집을 봤다. 혹시나 싶어 약국 안을 들여다봤지만 강승진은 없었다. 설마 강승진이 꽃집에? 꽃집 유리문에 붙어 안쪽을 보는데 갑자기 강승진 목소리가 들렸다.

"학원은 잘 다니고, 할머니랑도 아무 문제 없어. 진짜라니까."

강승진의 목소리는 꽃집이 아니라 정심 빌딩 안에서 들렸다. 아뿔싸, 건물 안으로 들어갔을 거라고는 생각 못 했다. 목소리의 또렷함으로 보아, 뚜벅뚜벅 확실하게 들리는 발걸음 소리로 보아 건물 1층 현관문 근처일 테고 몇 초 후에는 선빈과 맞닥뜨릴 터였다. 비상 상황!

빈둥거림을 지향하지만 이 순간 필요한 건 바로 속도! 선빈은 앞뒤 가리지 않고 눈앞에 있는 문을 열었다. 긴박한 상황과 어울리지 않게 맑은 종소리가 선빈의 귀에 들렸다. 띠링!

빈둥 소녀의 무용한 일상

빈둥 소녀 20XX.05.29.

그런 사람을 책찢남이라고 불러야 할까나. 아참, 책찢남이라고 해서 잘생겼다거나 혹은 멋질 거라는 상상은 말아 주시길. 주민하와 교대하는 알바 오빠는 『월리를 찾아라』의 월리와 싱크로율 백 프로였다.

그는 집안의 가장이고 알바를 몇 탕씩 뛴다고 했다. 그러면서 9급 공무원 시험 준비도 하고 있다고. 죽을까 봐 걱정스럽다는 주민하 말처럼 열심히 사는 사람의 전형적인 모습이었다. 지치고 힘들어 보이는 얼굴까지도.

운명은 얄밉게도 열심히 살아도, 착하게 살아도 남들보다 더 많은 부와 행운을 안겨 주지 않는다. 매 순간 열심히 살았던 아빠에게 가혹하게 굴었던 것처럼.

그러니 님아, 부디 그렇게 살지 마시길…….

어쩔 수 없는 이유로, 아니 구체적으로는 강승진 때문에 고구마 농사를 계속하게 됐다. 고구마는 줄기만 심어 놓으면 수확 전까지 할 일이 별로 없다고…… 대감이 말했는데 개뻥이었다.

어떻게 작물보다 잡초가 더 잘 자랄 수 있냐고! 그게 말이 되냐고! 일주일 만에 가 본 고구마 밭은 그야말로 정글이었다. 잡초를 제거하지 않으면 고구마까지 잘 자라지 않는다 해서 할 수 없이 잡초를 뽑았다. 뿌리가 엄청 길었다. 잡초의 생명력에 존경심이 생길 정도였다.

두둑 옆의 남은 땅에 상추와 치커리 모종을 심었는데 고구마보다 성장 속도가 훨씬 빠른 탓에 오늘 첫 수확을 했다. 상추 잎이 야들야들 보드라웠다.

내 인생도 이렇게 보드라웠으면…… 편안했으면…….

'빈둥 소녀' 이름에 걸맞지 않게 농사를 짓더니 이젠 미행까지 하고 있다. 오 마이 갓!

강승진의 약점 하나만 잡으면 이 짓거리도 끝이다.

그땐 정말 비~~~인~~~둥 비~~~인~~~둥 지낼 거다.

└ **lazy girl**

미행까지? 스펙터클합니다. ^^

20XX.05.30. 02:11

꽃집

맑은 종소리와 함께 간신히 안으로 들어왔다. 아마 강승진은 빌딩을 나와 이 문 앞을 막 지나가고 있을 테다. 아슬아슬하게 피했다.

정신없이 들어온 곳은 꽃집이었다. 정심 빌딩 1층의 상가. 설마 본 건 아니겠지? 성격이 워낙 의뭉스러워서 봤어도 못 본 척할 수도 있는 녀석이었다. 혹시라도 강승진이 문을 열고 부르는 건 아닐까 싶어 한동안 꼼짝 않고 서 있었다.

"어서 오세요."

좀 전의 비상 상황에서 아직 빠져 나오지 못한 선빈은 사장님의 인사말을 제대로 듣지 못했다. 뭐 필요하신 거 있냐는 질문도.

"아, 알바 때문이구나. 이력서 가지고 왔어요?"

벌컥 문을 열고 들어와 놓고는 뭘 사겠단 말도 없이 쭈뼛거리니 어쩌면 사장님의 오해는 당연한 것이었다. 선빈의 즉흥적인 대답이 이후 벌어질 모든 일들에 대한 변곡점이었을 뿐. 돈 한 푼 없이 꽃집에 들어온 선빈은 고객보다는 알바 지망생을 택했다.

"이력서는 다음에 가져오면 안 돼요?"

그렇게 '민 플라워'의 아르바이트 면접을 봤다. 다른 영업장의 면접은 모르겠지만 민 플라워 사장님은 다니는 학교, 사는 곳, 좋아하는 취미 같은 기본적인 질문만 던졌다. 선빈이 대답하기 어려웠던 질문은 딱 하나였다.

"좋아하는 꽃이나 식물 있어요?"

꽃을 좋아하지도 않았고 꽃집 알바를 할 거라고 생각하지도 않았다. 머릿속에 떠오른 단어라곤 장미뿐이었는데 그렇게 답하려니 너무 뻔한 대답 같았다. 개나리, 진달래, 소나무, 대나무…… 선빈이 아는 꽃과 나무는 흔하디흔한 것밖에 없었다.

몇 번 입을 달싹이다 사장님과 눈이 마주쳤다. 시종일관 미소를 짓고 있지만 딱히 선빈을 마음에 들어 하는 눈치도 아니었다. 그래, 어차피 뽑힐 것 같지도 않은데 굳이 남의 시선에 맞출 필요가 뭐 있겠어.

"햇빛 안 들고, 환기 안 되고 곰팡이 피는 곳에서도 잘 자라는 식물이요."

학교도 안 가고 골방에서 빈둥거렸던 시간에 스치듯 지나간 생각이었다. 지하 공간이 하도 칙칙해 화분이라도 하나 키울까 하는 마음에.

"극한 상황에서 버틸 수 있는 식물 좋아하나 봐요. 나도 극한 알
바를 구하고 있는데."

선빈의 대답이 재미있었나? 사장님이 활짝 웃었다.

잘못 탄 기차가 목적지에 데려다준다는 인도 속담이 있다. 목적
지라고 말할 순 없지만 선빈도 잘못 들어온 민 플라워에서 일하
게 됐다. 퇴근 시간이 가까워지면 사장님의 어처구니없는 노래를
듣는.

"꽃집의 아가씨는 예뻐요. 그렇게 예쁠 수가 없어요."

사장님은 이처럼 직설적이다 못해 노골적인, 아니 허위 사실을
유포하는 노래를 자주 불렀다. 꽃집의 아가씨는 고된 노동에 예
쁠 수가 없다. 아니 애초에 예쁘게 꾸밀 시간이 없다. 꽃집의 아줌
마 아저씨도 마찬가지고. 꽃집 운영 내지는 아르바이트를 안 해
본 사람이 만든 노래라는 것에 손모가지를…… 걸고 싶지만 딱히
탐나는 상품이 아닐 테니 오백 원을 건다.

꽃집의 일상은 절대 호락호락하지 않다. 실평수 10평의 작은 가
게를 운영하는 사장님은 일주일에 세 번 새벽 시장에서 꽃을 구
매하는 것부터 꽃 정리, 상품 제작, 화분 관리 등 모든 일을 혼자
서 했다.

"아휴, 꽃집에서 과로사 한다면 누가 믿겠냐고. 근데 나이 드니

까 안 아픈 데가 없어. 꽃 들이는 날은 아주 죽겠다니까."

선빈은 사장님의 과로사를 막기 위해 새벽 시장 방문 일인 월·수·금 오후 5시부터 9시까지 근무했다. 퇴근길에 꽃이나 화분을 사러 오는 기대 고객들과 주문한 상품을 찾으러 온 예약 고객들을 응대하는 일이 주 업무였지만 청소와 정리 같은 부수적인 일이라고 소홀히 할 수는 없었다. 리본과 포장지는 색깔별로 분류해서 정리, 꽃가위와 모종삽도 씻어서 말리고, 바닥은 짓이겨진 나뭇잎 하나 없게 닦아야 했다.

"우리 딸이 진짜 성질 더럽거든. 근데 애네들이 우리 딸 못지않아. 아주 까다롭기가 말도 못 해요. 내가 무슨 죄를 지었길래 집 안팎으로 까칠한 애들이랑 지내는지 모르겠다니까."

꽃집에서 제일 중요한 일은 꽃의 관리였다. 근무 첫날 사장님은 꽃과 식물에 제일 중요한 세 가지를 알려 주셨다. 햇빛, 바람, 그리고 관심. 그중 유일하게 사람이 갖춰야 할 조건이 관심이라 했다. 식물에게 관심을 가지라고, 사랑을 주라고.

사랑을 주라고요? 말도 안 통하는 생명체에게? 아니, 말이 통하는 사람도 사랑하기 쉽지 않은데 뭘 식물까지. 굳이 멀리 갈 필요도 없었다. 선빈은 스스로에게도 애정이 없었다. 자신의 모든 것이 마음에 들지 않았다. 외모, 성격, 말투 어쩌면 영혼마저도. 나 자신도 사랑하지 않는데 어떻게 다른 사람과 식물까지…….

시간이 지날수록 사장님이 '관심'을 중요하게 생각하는 이유는 알 수 있었다. 꽃은 한 번이라도 더 들여다볼수록 좋은 상태를 유지했다. 수시로 물을 갈아 주는 것은 기본이고 세균 번식을 막기 위해 물통도 매일 닦아야 했다. 관심은 결국 노동이었다. 노동을 해야 꽃이 싱싱하고 예뻤지만…… 꽃집 알바생의 손은 트고 짓물러 안 예뻤다. 아, 10평 남짓의 꽃집에서도 딜레마가 있다니. 딜레마 없는 인생은 어디 없나요?

며칠 전 친 모의고사 국어 영역에 「꽃」이란 시의 지문이 실렸다. 상대방의 이름을 불렀을 뿐인데 내게로 와서 꽃이 되었다고 하는 시였다.

모의고사 문제는 김춘수의 「꽃」과 그 작품을 패러디한 「라디오와 같이 사랑을 끄고 켤 수 있다면」이란 시를 비교하여 시 속에 나온 '몸짓, 꽃, 눈짓, 전파, 사랑' 중 의미가 다른 시어를 고르는 거였다.

구성이 어떻고, 시적 화자의 정서가 어떻고, 존재론이 어땠는지, 두 시를 비교하는 분석까지 분명 문제집에서 봤던 기억이 있는데도 「꽃」을 읽자마자 엉뚱한 생각만 떠올랐다. 무슨 꽃인지, 생육 환경이 어떤지, 어떤 디자인으로 상품을 만들어야 어울리는지……. 정답은 기억나지 않지만 선빈은 그중에 '꽃'을 골랐고 틀렸다.

"인간적으로 꽃집 아가씨는 맞혔어야 하는 거 아니냐?"

주민하가 이죽거렸지만 편의점에서 계산하는 네 수학 점수는 왜 그러냐며, 선빈도 지지 않고 맞받아쳤다. 그 한 문제 맞혔다고 엄청 뻐기는 주민하에게 선빈은 오른손 검지에 붙은 반창고 때문에 꽃을 골랐다는 변명은 하지 않았다.

선빈은 문제에 비해 너무 긴 두 개의 지문을 집중해서 읽으며 주요 단어에 밑줄을 그었고, 그러다 문득 오른손 검지의 반창고가 보였고, 시에 나오는 꽃이 무슨 꽃일까, 부디 장미는 아니었으면 하는 엉뚱한 생각이 떠올랐고, 그러느라 문제 풀 시간이 부족했고, 결국 찍을 수밖에 없었다.

"이 일 하다 보면 눈물 찔끔 나는 순간도 종종 있을 거야."

눈물 찔끔이라니, 꽃집에서 눈물 날 일이 뭐가 있다고. 혹시 고용주의 갑질을 예고한 건가? 아참, 면접에서도 극한 알바 구한다는 말을 했었지. 사람 그렇게 안 봤는데⋯⋯. 온갖 상상을 하던 선빈에게 사장님은 연고와 반창고를 선물했다. 꽃집 아가씨의 필수 아이템이라며.

선물을 받고 며칠 후 선빈은 눈물 찔끔 나는 순간을 경험했다. 상품 만드느라 바쁜 사장님이 가리킨 장미 다발을 덥석 집던 중이었다. 그 순간 눈물과 피가 함께 나왔고 사장님의 선물을 사용할 수 있었다. 정말 필수 아이템이구나 느끼면서. 장미 가시는 그렇게 종종 꽃집 아가씨의 손을 파고들었다. 김춘수의 시 문제를 틀렸던 건 주민하의 말과는 달리 꽃집 아가씨였기 때문이었다.

모의고사 국어 영역 문제를 풀다가도 떠올랐던 장미는 꽃집의 대표적인 딜레마였다. 가장 많이 팔리고 가장 많이 상처를 입히는, 모든 꽃집 사장님들의 —— 알바생까지도 —— 애증의 상품이었다.

손에 상처가 났던 날 반창고를 붙이기 전 선빈은 사장님에게 생채기를 보여 주었다. 꽃집 일이 이렇게 위험합니다, 시위를 하듯이. 그랬는데 사장님이 가소롭다는 듯 피식 웃었다. 제 상처가 우습나요? 묻고 싶었는데 사장님이 보란 듯 손을 내밀었다. 세 건의 주문 상품을 만든 사장님의 손바닥은 스크래치로 가득했다.

"웬만하면 라떼 얘기 안 해야 되는데 한 번만 할게. 요즘은 장미 가시 제거하는 기계라도 있지. 예전엔 직접 손으로 땄어."

라떼 얘기라도 요건 인정! 사장님은 베테랑이었다.

꽃집 매출의 일등 공신은 역시 장미 백 송이 상품이다. 꽃다발은 보통 '스파이럴 기법'을 쓰는데 한 손에 꽃을 잡은 뒤 나선형으로 꽃을 더해 가며 모양을 만드는 방법이었다. 작은 상품은 괜찮지만 꽃다발이 커질수록 잡고 있는 손목에 무리가 갔다.

장미 백 송이 주문이 들어온 날 사장님이 웃으며 말했다. 백 송이 꽃다발은 그 무게 때문에 지옥의 고통을 느끼게 만든다고, 그래서 지옥의 꽃다발이라 부르기도 한다고.

"혹시라도 나중에 장미 백 송이 받으면 남자 친구에게 고맙다 하기 전에 꽃다발 만든 사람에게 잠깐 묵념이라도 해 주라."

완성된 꽃다발은 지옥의 고통과 맞바꾸었다는 사실을 잊을 만큼 환장하게 예뻤다.

주민하를 기다리며 에디트 피아프의 「장밋빛 인생」 노래를 듣고 있다. 편의점과 꽃집이 가까워 먼저 끝나는 선빈이 종종 기다리고는 했다.

… 당신이 말할 때 / 하늘의 천사가 노래하는 듯해요. / 모든 말은 사랑의 노래가 되는 거예요. / 당신의 마음도 영혼도 나에게 주오. / 인생은 언제나 장밋빛이에요.

주민하는 「장밋빛 인생」의 제목만 듣고도 ── 샹송이라 가사는 모르지만 ── 달달하고 말랑말랑한 수채화풍의 이미지가 떠오른다 했다. 어딘가에서 장미꽃을 든 연인이 금방 나타날 것 같다고. 라 비앙 로즈, 발음부터 죽이잖아. 주민하는 두 눈을 깜빡이며, 양손으로 꽃받침을 하며, 마치 사랑에 빠진 것처럼 행복한 표정을 지었다. 편의점 조끼를 입고 취식 테이블에 앉아 있지 않았다면 장밋빛 인생을 사는 행복한 소녀구나, 깜빡 속아 넘어갈 뻔했다.

버터 한 스푼쯤 먹고 혀를 돌돌 말아 발음해야 하는 제목에도 선빈은 한 방울의 피와 백 송이의 무게, 거기에 약점, 미행, 복수 같은 느와르 영화의 이미지만 떠올랐다. 어설픈 미행의 결과로 꽃집 알바생이 된 비하인드 스토리 때문이었다. 모든 일의 원인 강승진을 생각하면 이가 빠득…….

……정신을 차려 보니 노래는 이미 끝나 있었다. 그래, 장밋빛 인생이 길진 않겠지.

"민하야, 미안! 얼른 가. 내가 정리할 테니까."

교대 시간 보다 십 분 늦게 월리 알바가 도착했다. 여전히 졸려 보이고 피곤해 보이는 얼굴로. 열심히 살면 저렇게 되는구나. 다시 깨달았는데…….

"민하 친구지? 왜 이렇게 피곤해 보여? 아참, 이 근처에서 알바 한다며?"

월리 알바가 걱정스러운 얼굴로 물었다. 기막혀. 누가 누구를 걱정하는 거람. 빈정이 상하려고 하는데, 노래를 듣다 졸았는지 입가에 침이 묻어 있었다. 쓰읍, 침을 닦아 내는데…….

"아까 코도 골더라."

어느새 퇴근 준비를 하고 나온 주민하까지 거들었다. 쓸데없이 정직하기는.

망신스러웠지만 간신히 그러잡은 정신으로 판단했다. 이 순간 필요한 건 스피드라고. 주민하 손을 잡고 얼른 자리를 뜨려는데 월리 알바가 무언가 건넸다.

"이거라도 먹어."

폐기로 나온 샌드위치였다. 여러 탕의 알바를 뛴다는, 그러면서도 공무원 시험 준비를 한다는, 한눈에 봐도 안쓰러워 보이는 월리 알바가 왜 샌드위치를 주냐고. 자존심이 확 상했지만 동그란 안녕 너머로 보이는 월리 알바의 눈은 한없이 선량해 보였다. 주민하도 말했다, 착한 사람이라고. 그제야 마음이 풀렸다. 동정이 아니라 배려구나…….

"받아. 이 오빠가 원래 동정심이 많아."

친구는 가까이, 적은 더 가까이. 정말 가까이 있었구나.

화재

정녕 하루가 24시간이 맞을까? 핸드폰을 시켰는데 벽돌이 왔다는 중고 거래 사이트 사기 사건처럼 선빈에게만 정량 부족의 하루가 배달된 건 아닌지 의심스러웠다. 기나긴 하루가 지겨워 고장 난 수도꼭지에서 시간이 똑 똑 똑 떨어졌으면 하고 바랐던 기억이 아주 오래전 같았다.

이미 아무것도 안 하고 있지만 더 격렬하게 아무것도 안 하고 싶다고 외쳤던 게 민망할 만큼 선빈의 하루는 바빴다. 잘못 배달된 16시간짜리 하루처럼. 아침은 대한민국 대다수의 십 대같이 평범한 학생으로 시작했다. 분명 그랬는데 점심이면 급식을 폭풍 흡입한 뒤 텃밭으로 달려가 상추와 치커리에 물을 주고 고구마밭 잡초를 뽑고 있었다.

고작 이런 걸로 엄살은,이라고 생각하는 분들 성급하시긴. 아직

하루가 안 끝났다고요. 일주일에 사흘은 방과 후 새로운 일과가 시작됐다. 교복을 벗고 민 플라워 앞치마를 두른 순간 선빈은 열혈 알바로 변신해 꽃을 만지고 바닥 청소를 하고 있었다. 서양의 어떤 기집애는 에이프런 벗어던지고 옷 바꿔 입었을 뿐인데 파티도 가고 왕자도 만났다고 하던데. 겨우 앞치마 하나 둘렀다고 서양의 그 기집애처럼 험한 일을 하고 있는 게 말이 되냐고! 학생, 초보 농부, 꽃집 알바, 1인 3역 하고 있는 거 실화냐고!

선빈은 기억을 더듬어 시간의, 아니지 사건의 ── 인생이 이 정도로 급변했으면 사건이다 ── 재구성을 해 봤다. 첫 시작은 등교였다. 왜 학교를 가기로 했더라……. 지하 공간의 열악함이 이유였지만 더 큰 원인은 라떼 여사였다. 골목 지박령 라떼 여사를 피하기 위한 방법이 등교였다.

고구마 텃밭 농사는 대략 난감 담임 때문에 시작했지만 중간에 빠질 수도 있었다. 그걸 막은 건 강승진이었다. 선빈의 약점을 잡은 강승진의 눈치가 보여 옴짝달싹할 수 없었다. 꽃집 알바도 강승진 때문이었다. 강승진을 미행하다 벌어진 일종의 참사였다.

할머니와 손자가 선빈의 생활을 완전 뒤흔들어 놓았다. 한 사람은 동네에서 목청껏 잔소리를 해 가며, 한 사람은 학교에서 의미심장한 말과 행동으로. 이중고를 겪으며 살 수는 없었다. 그렇다면 이 집을 떠나야만 해! 그래야 선빈의 평온한 일상을 찾을 수 있을 것 같았다.

문제집 뒤편에 실린 정답을 본 것처럼 답은 쉽게 구했지만……
해결 방법은? 엄마의 가사 도우미 수입과 선빈의 알바비를 모아
서 전셋집을 얻으려면 얼마나 걸릴까. 가까운 시일 내에는 어렵
다는 걸 수학 6등급도 쉽게 계산할 수 있었다. 복권이라도 사 보
는 건 어떠냐고 위로를 건네실 분, 로또 당첨될 확률이 벼락 맞을
확률보다 희박하다는 건 알고 계신지. 그러니까 다른 집으로의
이사는 선빈과 유명 남자 아이돌의 열애설이 터지는 것만큼이나
황당한 꿈이었다. 정직한 것들을 좋아하지만 이 정직한 현실만은
선빈도 인정하고 싶지 않았다.

"쟤는 허구한 날 허공에 대고 뭐 하는 거야?"

염색 방 사장님이 궁금해할 정도로 강승진은 자주 구름 사진을
찍었다. 선빈의 눈에는 똑같아 보이는 구름을. 사진을 찍었으면
가만히나 있을 일이지 툭하면 주민하가 만든 단톡방에 올렸다.
구름 이름과 함께. 구름 따위 누가 궁금해한다고. 인정하긴 싫지
만 열혈 팬이 한 명 있긴 했다.

—오늘의 구름은 적란운. 며칠 전에도 올렸던 거.

—적란운은 영어로 클라우드 나인이라 불러. 영어에선 기분 좋을 때
이 말을 쓰기도 해.

—하늘 높은 곳에 있는 구름이라서 그런 말이 나왔나 봐.

—적란운이 있는 날은 소나기가 내릴 확률이 높아.

강승진은 자신같이 구름을 좋아하는 사람들을 '구름 추적자'라고 부르며 같은 취미를 가진 사람들이 모인 국제적인 모임도 있다고 했다. 말이 좋아 구름 추적자지, 할 일 없이 하늘만 쳐다보는 사람들이란 뜻에 지나지 않았다. 강승진 같은 건물주의 손자에게나 가능한 단어. 아마도 그 모임엔 백수, 건달, 한량, 그리고 건물주와 건물주 아들딸 내지는 건물주의 손자 손녀들이 있겠지.

카톡, 카톡. 강승진이 보내는 메시지 소리가 그렇게 듣기 싫을 수 없었다. 쉽게 잡지 못할 얌체 공이 쉬지 않고 통통 튀는 것 같았다. 선빈은 답하기도 귀찮아 대충 어울리는 이모티콘을 보냈다. 엄지손가락을 올리거나 OK 같은. 반대로 주민하는 잽싸게 답을 달았다. 클라우드 나인이라니, 그런 게 있냐, 어쩜 그렇게 잘 아냐, 덕분에 좋은 정보 얻었다…….

탈무드에 사랑과 재채기는 속일 수 없다고 하는 말이 나온다고 들었다. 주민하를 보니 딱 맞는 말인 것 같았다. 왜 저렇게 티를 내는지…….

탈무드를 안 읽어 모르겠지만 혹시 속일 수 없는 것에 멍도 있지 않으려나.

"컨실러로 가려지겠지?"

주민하 얼굴에 멍이 들었다. 하필 턱 쪽이라 컨실러를 바르기도 힘들었다.

"그때 월리도 있었다며? 월리는 뭐 했대? 하긴 큰 도움이 안 됐을 거 같긴 하다."

웬일로 시간보다 일찍 월리 알바가 왔던 날, 거나하게 취한 손님이 맥주를 골라 왔고 한눈에 봐도 들고 갈 가방이 없었지만 봉지 구매를 하겠냐는 질문에 괜찮다고 했단다. 이야기의 시작부터 싸한 느낌이 왔다. 네 캔을 어떻게 들고 가? 물었고 주민하가 그니까, 대답했다. 아니나 다를까 맥주를 들자마자 한 캔이 떨어져 우르르 굴렀고 그제야 손님이 봉지를 달라고 했단다.

거기까지 들었을 때 이미 다음 스토리가 짐작이 됐다. 봉지값만 따로 결제하겠다고 했더니 손님이 화를 내며 쩨쩨하게 굴지 말고 그냥 달라고 했단다. 법적으로 불가능하다고 설명해도 막무가내. 이쯤 되니 옆에서 구경만 할 수는 없어 꼴에 남자고, 선배라고 월리 알바가 손님을 상대하러 나섰는데 일이 더 커졌단다.

"이것들이 쌍으로 덤벼?"

쌍이라뇨, 어딜 봐서, 억울합니다. 주민하가 설명을 하기도 전에 손님은 들고 있던 맥주를 바닥으로 버렸고, 떨어진 맥주를 줍기 위해 월리 알바가 몸을 숙인 찰나, 손님이 분을 참지 못해 주먹을 휘둘렀고, 그 주먹에 주민하가 맞았단다.

"재수가 없었지. 원래 목적은 오빠였는데. 그나마 다행인 건 취해서 주먹에 힘이 실리지 않았다는 거. 진짜 세게 맞았으면 턱 나갔을걸."

그 이후 사건은 급변을 맞았다. 주민하 상태를 확인한 월리 알바가 경찰에 신고하려 하자 손님이 자신은 지금 경찰 공무원 시험 준비를 하고 있다고, 스트레스를 풀려고 마셨는데 실수한 것 같다고, 나중에 이 일로 결격 사유가 되면 어쩌냐고, 한 번만 봐달라고 눈물을 터뜨렸단다.

어디서 그런 신파극을? 설마 그냥 넘어간 건 아니지? 선빈이 물었을 때 주민하가 의미심장하게 웃었다.

"이런 말 들어 봤지? 법은 멀고 주먹은 가깝다고."

당연히 들어 봤지. 그래서 눈에는 눈, 이에는 이처럼 한 방 날렸구나. 오, 센데, 하며 사건의 결말을 짐작했지만 아니었다.

"근데 주먹보다 더 가까운 게 있더라고. 돈!"

사정하는 손님이 파스값 얘기를 꺼냈고 결국 그냥 넘어가기로 했단다. 자본주의적 인성인 건 알았지만 이 정도일 줄이야. 선빈이 혀를 내두르는데 주민하가 한마디 더 보탰다.

"야, 돈 받았다고 참았겠니? 월리 오빠도 공무원 준비하잖아. 동병상련 뭐 그런 걸 느꼈는지 나한테 사정하더라. 근데 어떻게 신고하니?"

당연히 같은 병을 가진 사람들끼리 뭉쳐야지. 환우회도 그래서 있는 거 아니겠어. 그런데 진상 손님과 월리 알바는 동병상련이 아니야. 가능성만 있는 미래의 진로 때문에 둘이 편을 먹어서도 안 될 일이고. 오히려 월리 알바는 너와 동병상련을 느꼈어야지. 지금 내 옆에 있는 동료, 다친 동생과 편을 먹어야 되는 거였어. 동정심도 방향이 똑발라야 가치가 있는 거야. 그날 피곤해 보였던 알바생에게 폐기 샌드위치를 줬던 것처럼. 머릿속을 떠도는 생각은 많았지만 선빈이 할 수 있는 말은 이거였다.

"턱 더 들어. 컨실러 잘 펴지게."

아참, 탈무드에 따르면 속일 수 없는 게 하나 더 있단다. 가난도 못 속인다고 했다. 그 말도 진리였다. 가난은 티가 난다. 주민하 턱에 든 멍처럼, 선빈의 손가락에 붙인 반창고처럼.

"선빈아, 오늘은 특별한 상품을 만들어야 해서 들어가는 꽃 종류가 많아. 미리 준비 좀 해 줘. 뭐부터 꺼내는지 알지?"

사장님이 선빈에게 눈을 찡긋했다. 알고말고요. 선입선출, 먼저 입고된 꽃을 써야 하는 건 꽃집에서도 통하는 법칙이었다.

블루 수국, 라벤더 리시안셔스, 퐁퐁 카네이션, 거베라, 옥스퍼드, 스토크, 맨스필드 파크 장미, 마도리카리아, 유칼립투스. 사장님이 불러 주는 꽃들을 작업대 위에 순서대로 올려놨다. 사장님이 꽃바구니 안에 들어갈 블록을 세팅하는 동안 선빈은 시들해진 라눙쿨루스와 작약을 사선으로 잘라 물에 담가 놓았다. 그렇게 담근 꽃들은 물을 먹고 놀랄 만큼 생생해졌다. 그 물 올림의 순간은 볼 때마다 아찔했다.

"무슨 상품인데 이렇게 꽃이 화려해요? 프러포즈용이에요?"

"아니, 승소 기념 꽃바구니."

승소? 상품의 주문자가 변호사의 부인이라고 했다.

"이 건물 이름이 뭔지 알지? 정심 빌딩이잖아. 정심, 바른 마음 이란 뜻이야. 건물주가 변호사거든. 딱 어울리지? 강남의 대형 로 펌에 다닌다고 하는데 이번에 큰 사건에서 승소했다나 봐. 변호 사님 생일이 다음 주인데 생일과 승소를 같이 축하하려고 주문했 대. 사무실로 보내는 거니 금액 상관없이 크고 화려하게 해달라 고."

따로 거래하는 꽃집도 있었을 텐데 민 플라워가 들어온 후에는 항상 여기로 주문해 줘서 고맙다는 말도 덧붙였다. 좋은 건물주 를 만나서 다행이라는 말도.

좋은 건물주, 하니 라떼 여사가 생각났다. 누구랑은 완전 반대 의 사람. 돈 좀 있다고, 사람을 무시하는 태도라니. 어젯밤에는 선 빈의 집에 찾아와 심부름까지 시켰다. 이걸 집주인의 갑질이 아 니면 뭐라 불러야 할까.

승소 기념 꽃바구니를 배달 기사에게 넘겼을 때 경찰이 찾아왔 다. 어젯밤 빌딩 옆 골목에서 일어난 화재 때문에 왔다고 했다. 골 목 한쪽에 있는 재활용품 수거장에서 불이 났었다고. 어쩐지 가 게 들어올 때 희미하게 탄내가 나긴 했다.

"119 신고가 들어온 시간이 밤 11시 3분이었고 소방차가 출동

해 진화 완료한 11시 25분이니까 큰 규모는 아니었어요. 그래도 놀란 시민들이 집 밖으로 나와서 난리도 아니었는데, 어제 그 시간엔 가게에 없으셨죠?"

"야근하던 3층 사무실 사람이 신고했다는 얘기는 들었어요. 가게 피해도 없었고요. 그런데 무슨 일로 오신 건가요?"

사장님의 대답에 경찰관은 얼굴을 찌푸렸다.

"약국에서 나오는 박스를 수요일 오전에 가져간다는 거 알고 계셨나요?"

사장님이 모른다며 고개를 저었다. 경찰관은 인근에 사는 폐지 수거 할머니가 매주 수요일 새벽에 박스를 거둬 가는데, 불이 난 시간이 하필 박스가 가장 많이 모였을 때라는 점이 의심스럽다고 했다. 혹시 이런 사정을 아는 사람이 벌인 일이 아닐까 하는 마음에 수사를 하고 있다고. 물론 취객의 담뱃불 실화도 염두에 뒀지만 큰길가에 있는 CCTV를 확인했을 때 취객으로 보이는 사람은 없었으며, 안타깝게 골목의 반대편 쪽은 CCTV가 없어 확인이 불가능하다고 말했다.

"그러니까 방화라고 보시는 건가요?"

사장님이 긴장된 얼굴로 물었다. 방화라고 생각하면 선빈도 무서웠다. 꽃집의 뒷문은 골목으로 이어져 있었고 쓰레기를 버리거나 화장실을 가기 위해 하루에도 수차례 이용했다.

"그건 아니고요. 어쨌든 여러 가지 가능성을 열어 두고 수사를 하고 있어서요. 방화건 실화건 범인이 있다면 잡아야 하니까요. 혹시 근래에 건물 주변에서 수상한 사람을 목격하신 적 없으신가 요?"

사장님이 수사에 도움이 되지 못해 죄송하다며 배달 기사님들 께 종종 드리는 비타민 음료를 건넸고 아무런 단서도 얻지 못한 경찰관은 달랑 음료수 한 병과 함께 돌아갔다.

수상한 사람을 목격한 적이 없냐는 경찰관의 질문에 선빈은 단 하나의 얼굴이 떠올랐다. 강승진!

강승진은 얼마 전까지 정심 빌딩 주변을 맴돌았다. 옆 골목으로 들어가서 사진을 찍는 것도 목격했다. 빌딩 주변을 샅샅이 살폈 으니 어디에 CCTV가 있고 어디에 없는지 알 수 있을 테다. 여러 번 와 봤으니 박스가 많은 시간대도. 정심 빌딩 옆 골목은 강승진 의 학원으로 가는 지름길이기도 했다. 무엇보다 어젯밤 강승진은 집에 없었다.

"왜 저한테 그러세요? 손자 놔두고."

밤늦게 무턱대고 찾아와 소화제를 사 오라고 하다니 막무가내 가 따로 없었다. 하지만 세입자라고 호락호락 당하면 안 되는 법.

"없으니까 그러지. 전화도 안 받고. 이 밤중에 어딜 간 거야?"

라떼 여사는 선빈 앞에서 트림도 꺼억 했다. 심하게 체했다는 걸 보여 주기라도 하듯이. 딱하기보다 더럽단 생각이 들어 얼굴이 찌푸려졌다.

"그리고 약국 문 닫았어요. 지금 시간이 몇 신데."

라떼 여사가 넘어갈 줄 알았는데…….

"편의점에서도 팔잖아. 얼른 좀 사 와."

하여간 약삭빠르다. 필요할 때만 간헐적으로 노인인 척, 약한 척, 아픈 척하는 걸 보면. 엄마가 일어나기에 할 수 없이 선빈이 심부름을 했다. 강승진 귀가 간지러울 만큼 욕을 한바탕 하면서. 그 시간 강승진은 어디서 뭘 하고 있었을까.

빈둥 소녀의 무용한 일상

빈둥소녀 20XX.06.02

"자네는 누구를 가장 사랑하는가, 수수께끼 같은 사람아, 말해보게. 아버지, 어머니, 누이, 형제?"

"내겐 아버지도, 어머니도, 누이도, 형제도 없어요."

"친구들은?"

"당신은 이날까지도 나에게 그 의미조차 미지로 남아 있는 말을 쓰시는군요."

"조국은?"

"그게 어느 위도 아래 자리잡고 있는지도 알지 못합니다."

"미인은?"

"그야 기꺼이 사랑하겠지요, 불멸의 여신이라면."

"황금은?"

"당신이 신을 증오하듯 나는 황금을 증오합니다."

"그래! 그럼 자네는 대관절 무엇을 사랑하는가, 이 별난 이방인아?"

"구름을 사랑하지요... 흘러가는 구름을... 저기... 저... 신기한 구름을!"[1]

---

1 샤를 피에르 보들레르 「이방인」 『파리의 우울』, 황현산 역, 문학동네 2015

어쩌다 구름에 환장하게 됐냐는 주민하의 물음에 강승진이 답 대신 이 시를 달았다. 뭔 개소리야, 하기엔 이름을 들어 본 적 있는 보들레르라는 작가의 시였다. 주민하는 어쩜 이리 좋은 시가 있냐고…… 작가 이름처럼 시가 보들보들하다고……. 정말 입만 열면 아부다. 옆에서 듣기에 괴로울 정도로.

시는 요상했지만 읽다 보니 생각하게 만들었다. 누군가 제일 사랑하는 게 뭐냐 물으면 나는 어떻게 답할까? 음…… 답이 떠오르지 않았다. 엄마, 아빠, 가족 같은 대답(사실상 정답)이 왜 선뜻 나오지 않는 걸까.

주민하는 돈이라고 대답하겠지. 이럴 땐 확실한 주관을 가진 게 편하구나.

강승진은 시에 나오는 이방인처럼 가족보다 조국보다 친구보다 금보다 구름을 더 사랑한다는 뜻인가? 그 선택지도 맘에 안 든다. 세상 혼자 사는 것도 아니면서 다 싫다니……. 인정머리라고는 발톱의 때만큼도 없는 자식 같으니라고.

그럼 나는?

……솔직히 말하면 나도 인정머리 없는 자식2다. ㅠㅠ

└ **lazy girl**

질문이 쉽지 않네요.

음…… 저도 인정머리 없는 자식3이랍니다.

20XX.06.03. 11:05

의심

법이나 주먹보다 가깝고, 턱을 맞아 멍이 들어도 기꺼이 용서해 줄 정도로 주민하가 좋아하는 건, 돈이다.

"궁금하다면 말해 주는 것이 인지상정! 내용은 심플해. 서로를 생각해 한밤중에 몰래 상대방의 창고로 볏단을 날랐던 형제 이야기의 반대니까 의 상한 형제랄까. 큰집과 동업으로 회사를 운영했는데 나중에 보니 큰아버지가 돈을 빼돌렸더라고. 우리 아빠가 형 말이라면 껌뻑 죽었거든. 어렸을 때 주말농장 분양 받아서 큰집이랑 자주 놀러도 다녔는데. 그때는 나한테 아빠가 둘인 줄 알았어. 그럴 정도로 큰아버지가 날 예뻐해 주셨어. 아무튼 온 가족이 정신 줄 놓고 있다가 고스란히 당한 거지. 돈 앞에선 핏줄도 아무 소용 없더라고. 그러니 내가 뭘 믿을 수 있겠니?"

컨실러를 발라 주며 왜 그렇게 돈을 좋아하냐는 선빈의 물음에 주민하가 해 준 이야기였다. 자본주의의 시녀라 놀려도 주민하는 돈 앞에서 늘 당당하고 뻔뻔했다. 개같이 벌어 쥐같이 쓰고 정승 같이 살 거라고.

"알바비 모아 정승이 되겠니? 차라리 큰집 찾아가서 돈 달라고 행패를 부리던가."

"안 해 봤겠니? 어휴!"

땅이 꺼질 듯이 주민하가 한숨을 쉬었다.

"우리 할머니는 큰아버지가 돈을 갚을 거라고 믿어. 네 큰아버지 그럴 사람 아니라고. 갚을 마음이었으면 진즉에 갚았겠지. 그런데도 조바심 내지 말고 그냥 기다리래. 피 조금 섞였다고 아직도 그런 맹신이 가능하다는 게 말이 된다고 생각하니? 난 말이야, 그래서 가족을 제일 못 믿겠어."

주민하가 가족 문제를, 아니, 가족 자체를 X라고 부르는 게 확 이해됐다. 무턱대고 믿어서, 무지하게 굴어서, 방탕하게 살아서 돈을 날리고, 돈 때문에 좋았던 관계까지 다 깨지는……. 가슴 아프지만 망한 스토리는 전형성이 있었다.

물론 뻔하다고 가볍게 들을 수만은 없었다. 거기에 멍든 얼굴까지 보고 있으니 더더욱. 무거운 분위기가 부담스러워 선빈이 가벼운 밸런스 게임 문제를 냈다.

"돈, 사랑, 둘 중에 뭐 고를래?"

주민하가 어이없다는 표정을 지었다. 너무 쉬웠나? 자본주의의 시녀답게 역시 돈이구나.

"그게 문제야? 돈 있는 남자 만나 사랑하면 되지."

유레카였다. 이런 머리로 어찌 그런 등급을 받는 건지. 주민하의 연애관을 알고 나니 더 궁금해졌다.

"도대체가 이해가 안 돼서 묻는데 강승진이 왜 좋아?"

의뭉스러운 녀석이 뭐가 좋다는 건지 진심으로 이해가 안 갔다.

"이유를 알면 사랑이 아니지. 분석이 가능하면 그게 사랑이겠어? 그냥 좋은 거야. 물론 심쿵 포인트는 확실히 있었지. 텃밭에 온 첫날, 강승진이 갑자기 내 얼굴로 훅 들어오는 거야?"

꺄악, 첫날부터 그런 발칙한 사건이 있었다고? 그럼 곧바로?

"애 좀 봐, 무슨 상상을 하는 거야? 아쉽겠지만 네가 생각하는 그런 일은 없었거든. 그 대신 강승진이 내 눈을 뚫어지게 보더니 이러는 거야. 속눈썹 붙이지 말라고. 자연스러운 얼굴이 훨씬 예쁠 거 같다고."

만난 첫날 속눈썹 얘기를 했다고? 선수야, 아님 변태야? 하여튼 종잡을 수 없는 녀석이었다. 종잡을 수 없긴 해도 주민하가 꼭 잡고 싶은 매력이 있는 건 확실했고 시퍼런 턱을 하고도 알바를 가는 친구가 딱해 선빈은 큰 선물 하나를 투척했다. 강승진 할머니가 뒷산 가는 길에 있는 건물을 소유하고 있다고, 강승진이 건물주 손자라고.

"팩트야?"

고개를 끄덕이면서 아차 싶었다. 주민하가 어떻게 알게 됐냐고 물으면 주거 공간의 비밀을 털어놓을 수밖에 없었다. 이참에 털어놓자, 마음을 먹었는데 오직 건물주에 방점이 찍힌 주민하는 정보 출처에 대해선 궁금해하지도 않았다.

"어쩐지 애가 귀티가 나더라니…… 더 맘에 든다."

이리도 속물적이고 정직하다니……. 주민하는 살짝 짐작한 면도 있다고 말했다. 원래 있는 집 애들이 부모한테도 싹싹한 편인데 강승진도 그랬다고, 엄마 아빠랑 통화하는데 은근 다정해서 놀랐다고.

기집애 보기보다 예리하네. 선빈도 집이 어려워지면서 전에 없이 날카로워졌고 엄마와도 자주 티격태격했다. 가끔 보면 주민하도 그랬다. 가만, 강승진이 아빠랑 통화를 했다고?

"아빠라니? 강승진 아빠 돌아가신 거 아니었어?"

"돌아가셨어? 아닌데, 지난번에 학교 끝나고 가는데 아빠, 하면서 통화하던데."

분명히 라떼 여사 아들은 세상을 떠났다고 들었는데. 엄마뿐 아니라 염색 방 사장님도 그렇게 말씀하셨고. 혹시 강승진 엄마가 재혼이라도 하려는 건가? 강승진 가족도 도대체 알 수 없는 미지수였다.

컨실러로 멍을 감춘 주민하가 알바를 간 후 선빈은 어둑해지는 하늘을 쳐다보았다. 어디선가 녀석도 또 구름을 찍고 있으려나.

구치소 앞에 나타나고, 죽은 아빠랑 통화를 했다 하고……. 정말 먹구름처럼 속을 알 수 없는 녀석이었다.

강승진이 먹구름이라면 담임은 뜬구름이었다. 고구마를 심자고 할 때부터 알아봤지만 담임은 뜬구름 잡는 얘기를 아무렇지 않게 했다.

"이번 주 언제가 편한지 일정 좀 대 봐라. 상추가 저렇게 시퍼렇게 자랐는데 그냥 둘 수는 없지 않겠어? 실습실에서 고기 구워 줄게."

신입 회원을 유치했다는 핑계로 텃밭 농사에 무관심한 줄 알았는데 농작물 상황은 체크하고 있었나 보다. 그것뿐만이 아니라 그사이 기업에서 하는 스쿨 팜 후원 사업에 지원했고 작게나마 지원금을 받아 냈다고 했다.

"앞으로 심고 싶은 모종이나 농기구도 맘껏 살 수 있어. 이게 바로 플렉스 아니겠니?"

부동산, 수입 자동차, 명품 가방도 아니고 모종과 농기구를 살 수 있다고 플렉스라니. 대략 난감 패션에서 짐작하긴 했지만 취향이 상당히 소박했다. 다만 꿈만은 지나치게 원대했다. 아니, 허황된 건가?

"채소를 키우다 보니까 농사만 한 블루 오션이 없단 생각이 들더라. 안 믿기지?"

네, 안 믿겨요. 선빈의 아빠만 해도 읍을 벗어나기 위해 공부했다. 돌아가신 할아버지 역시 농사 안 짓는 자식이 자랑스럽다고 말했다. 두 사람 다 농사라면 지긋지긋하다고 했다. 돈도 안 되고 몸만 망가진다고. 그런데 갑자기 농사가 블루 오션이라고 하면 누가 믿겠어요?

담임은 우리나라의 식량 자급률이 20퍼센트밖에 안 되고 만약 전쟁이나 기타 상황으로 식량을 수입하지 못하면 큰일이라며 심각한 얼굴로 말했다. 너희도 알다시피 흑연과 다이아몬드는 같은 탄소 결합물이지만 몸값이 다른 건 결국 희소성 때문이라고, 먹거리가 희소성을 가지는 시기가 다가온다고, 그러니 앞으로는 농업이 블루 오션일 수밖에 없다고 침을 튀기며 강조했다.

"고기 타요."

주민하가 타박을 주기 전까지 그랬다.

턱의 멍이 흐려진 주민하는 고기와 함께 담임의 말도 쌈 싸 먹는 눈치였다. 선빈처럼 듣는 시늉도 없이 오로지 삼겹살로만 젓가락을 들이밀었다. 그 저돌적인 먹성이 실로 감탄스러웠다.

"저는 그 말에 동감해요. 그리고 생기부 때문에 시작했지만 고구마 잎이 커지는 거 보면 신기하고 감동스러워요."

강승진 목소리가 들리고서야 쌈을 싸던 주민하가 멈칫했다. 자신도 텃밭에 가면 묘하게 힐링이 된다며 고개를 끄덕였다. 그건 선빈도 마찬가지였다. 물만 먹고도 쑥쑥 자라는 녀석들을 보고 있으면 어쩐지 뿌듯해졌다.

"승진이는 친환경, 오가닉 이런 것에 관심 많다고 했지?"

강승진이 쑥스러운 듯 고개를 끄덕였다. 담임 말처럼 강승진은 환경과 위생에 유독 민감했다. 손을 자주 씻는 건 기본이고 쓰고 바르는 제품 정보에도 예민하게 굴었다. 선빈이 건네준 핸드크림을 바를 때도, 주민하에게 빌린 정전기 방지제를 뿌릴 때도, 손 세정제를 사용하면서도 제품의 정보를 일일이 확인했다. 말이 좋아 친환경이지 그냥 유난을 떠는 꼴이었다. 설명서 본다고 다 아냐고?

"하는 거 보면 아주 만수무강하겠어."

주민하도 같은 반 남자애의 깔끔 떠는 모습에 눈살을 찌푸린 적이 있기에 공격이 적중한 줄 알았는데…….

"조심해서 나쁠 게 뭐 있니?"

도리어 선빈을 나무라기도 했다. 얼씨구, 사랑하면 눈이 먼다더니 주민하가 그랬다.

좀 전에도 불판을 올려놓은 과학실 실험대를 소독용 티슈로 어찌나 박박 닦던지 눈꼴사나워 죽을 뻔 했다. 담임과 주민하마저도 빤히 바라봤다.

"즈른 게 결벽증 아니면 므냐고."

발음을 뭉그러뜨리긴 했어도 못 알아들을 정도는 아니었건만 주민하는 못 들은 시늉을 했다. 사랑은 눈만 머는 게 아니라 귀도 먹게 하는구나. 다행인지 불행인지 식욕만은 멀쩡했다.

"뭘 그렇게 봐. 너도 먹어."

주민하가 선빈의 옆구리를 툭 쳤다. 고기를 먹으면서도 선빈은 강승진을 살폈다. 경찰 조사가 강승진에게까지 온 눈치는 아니었다. 강승진 역시 아무 일 없는 듯 태연했다. 하지만 잔혹한 사건이 벌어진 후 범인의 지인들은 한결같이 말하지 않았던가. 절대로 그럴 사람이 아니었다고. 그러니까 범죄는 그럴 사람만이, 그렇게 보이는 사람만이 저지르진 않는다는 거다.

다 익은 고기를 자르던 담임이 가위에서 손을 빼더니 후 입김을 불었다. 가위에 눌린 손가락이 빨갰다. 강승진이 눈치껏 자기가 굽겠다 했는데 집게와 가위를 넘기던 담임 눈이 휘둥그레졌다.

"손은 왜 그래?"

강승진 손등이 거뭇했다. 마치 화상이라도 입은 것처럼.

"아, 이거요? 뜨거운 물에 살짝 스쳤더니……. 이제 다 나았어요. 와, 근데 삼겹살 세 근도 금방 없어지네요. 절반 이상을 먹어치운 누구 때문이겠지만."

강승진이 주민하를 노려봤다. 요 녀석 보게, 주민하 먹성으로 화제를 돌린다고? 주민하 식욕이 좋은 거야 어제오늘 일이 아니었는데도 담임은 강승진의 꼼수에 바로 말려들었다. 고기 자르다 물집 잡힐 줄 몰랐다고, 민하는 나중에 결혼할 때 남편에게 먹성

고지해야 한다고, 아니면 사기라고. 주민하도 담임과 다르지 않았다. 쌤이 더 많이 먹었잖아요, 고기 구우면서 익었나 확인한다면서요.

주민하, 저 답답이를 어쩌면 좋아. 삼겹살이 뭐 그리 중요하다고. 강승진의 손등을 좀 보라고, 딱 봐도 화상 흉터잖아. 편의점 근처라 화재 사건을 뻔히 알고 있으면서, 강승진이 정심 빌딩 근처를 어슬렁거렸던 것도 봤으면서 의심 하나 없이 노닥거렸다.

보고 있는데 울화통 터질 듯해 불판에 남은 삼겹살 하나를 집어 먹었다. 앗, 뜨거! 세 점밖에 안 남았으면 불을 껐어야지. 실랑이를 하느라 불을 안 끈 탓에 입천장만 홀라당 까지고 말았다. 빠직, 어금니가 부서질 것처럼 삼겹살을 씹었다. 인생에 전혀 도움이 안 되는 누군가를 생각하며.

알바도 없는 날이라 느긋하게 빈둥거릴 수 있음에도 집을 나섰다. 주민하에게 직접 만든 향초를 주려는 핑계가 있었지만 그보다는 아까 본 강승진의 손등 상처가 내내 마음에 걸려서였다. 결혼 정보 회사만큼의 신원 보증은 아니라지만 건물주 손자라는 정보에 홀라당 넘어가 있는 주민하에게 고지는 해야 할 것 같았다. 강승진이 화재 사건의 용의자일 수도 있다는 가능성을.

편의점이 가까워졌을 때 선빈은 발걸음을 멈췄다. 도대체 주민하에게 어디까지 말해야 하는지 결정할 수가 없었다. 얼마 전까지 강승진이 정심 빌딩 근처를 어슬렁거렸던 건 주민하도 아는 사실이었다. 거기에 정심 빌딩 옆 골목에서 사진 찍는 강승진을 본 것까진 말할 수 있었다. 제일 말하기 곤혹스러운 점은 사건 당일 밤이었다. 그날 강승진이 집을 비웠다는 걸 얘기하려면 선빈이 강승진 집 아래층에 살고 있다는 사실을 알려야 했다.

주민하를 속이려는 뜻은 아니었다. 처음엔 자존심이 상해 말하지 않았지만 어느 순간 말해야 한다는 걸 잊었고 그러다 여기까지 와 버렸다. 어떻게 해야 하나, 잠깐 시간이라도 벌 요량으로 편의점에 가기 전 선빈은 정심 빌딩 옆 골목으로 들어갔다. 그날 강승진이 그랬던 것처럼 위에도 보고 옆에도 봤지만 별다른 건 없었다. 아무것도 없는 이 으슥한 곳에 도대체 누가 불을 질렀을까. 강승진이 범인은 맞긴 할까. 경찰도 실화일 가능성이 있다 했는데…….

확신을 갖고 왔건만 골목 안을 살펴보니 자신이 없었다. 섣불리 말하는 것도 아니라는 생각이 들었다. 이쯤에서 돌아가자 마음을 먹었을 때 누군가 선빈을 불렀다.

"거기서 뭐 하고 있어요?"

길가의 보안등 불빛을 등진 덩치 큰 남자는 경찰관이었다. 골목길을 벗어나 큰길로 나갔을 때 경찰관은 바로 선빈을 알아보았다.

"아, 그때 꽃집 알바?"

174

경찰답게 눈썰미가 보통이 아니었다. 노랫말과는 사뭇 다르겠지만 꽃집의 아가씨랍니다, 선빈이 인사를 건넸다.

"이 시간에 여기서 뭐 해요?"

설마 알바도 아닌데 왜 여기에 있냐고 의심하는 건 아니죠? 늦은 시간까지 알바하는 가엾은 친구를 위로하기 위해 선물을 배달 중이랍니다. 선빈은 배시시 웃으며 들고 있던 쇼핑백을 선뜻 내밀었다. 쇼핑백이 선빈의 알리바이였다.

경찰관은 쇼핑백 손잡이를 벌려 안을 들여다봤다.

"초가 있네요. 그리고 라이터도."

여유분의 향초 라이터도 함께 넣은 걸 잊고 있었다.

"이 라이터도 불이 켜지나?"

경찰관이 향초 라이터의 버튼을 딸깍 눌렀을 때 작은 불꽃이 힘차게 올라왔다. 으슥한 골목에 쌓여 있는 박스쯤이야 거뜬히 태울 수 있다는 듯이. 경찰관이 선빈을 물끄러미 내려다봤다. 설마 저를 의심하시는 건 아니죠? 몇 번 더 딸깍딸깍 불꽃이 켜지는 동안 선빈은 지금 이 상황이 몹시 익숙하다는 걸 느꼈다. 범죄 영화 속에서 진범도 아닌 사람이 사건 현장을 어슬렁거리다 괜한 오해를 사 버리는 난감한 장면 같았다.

빈둥 소녀의 무용한 일상

빈둥 소녀 20XX.06.13.

밤고구마의 재배 기간은 100일~120일

꿀고구마의 재배 기간은 110일~130일

호박고구마의 재배 기간은 130일 이상

고구마 품종마다 재배 기간이 다른 걸 처음 알았다. 그래서 맛이 달라지나?

어제는 두둑 옆에 잡초를 또 제거했다. 이것들은 어찌 이리 잘 자라는

지…… 반드시 자라고 말겠다는 강한 의지까지 느껴졌다. 잡초는 '아무도 찾

지 않는 바람 부는 언덕에~~' 자라야 한다. 고구마를 심은 텃밭이 아니라.

잡초를 제거하면서 고구마 잎도 솎았다. 열매에 영양분이 잘 가게 하기

위해서 그렇게 하는 게 좋다고 했다.

상추와 치커리는 먹는 속도를 따라 잡지 못할 정도로 무성하게 자랐다.

그 녀석들 따 먹는 재미가 쏠쏠했다. 재배 기간이 긴 고구마만 심었다면 심

심했을지도 모르겠다.

└ **lazy girl**

저와 같은 신념을 가진 분이라 믿었는데…….

176

빈둥 소녀 님, 너무 바쁘게 사는 거 아니에요? ㅋㅋ

20XX.06.15. 20:55

└ **빈둥 소녀 (블로그 주인)**

원하지 않았건만 이렇게 되었답니다. 실망시켜드려 죄송합니다. ㅠㅠ

얼른 원상 복귀 하겠습니다.

20XX.06.17. 22:03

빈둥 소녀 20XX.06.17.

2교시가 끝나갈 무렵 갑자기 쏴아, 소리가 들렸다. 비 예보가 있긴 했지만 앞이 안 보일 정도로 굵은 비가 올 줄은 몰랐다.

비 예보 듣고 점심 때 밭에 물 안 줘도 되겠구나 좋아하다가 또 강한 비에 여린 상추 잎이 다 상하면 어쩌나…… 생각했다.

순간 소름이 돋았다. 잠깐, 내가 지금 무슨 걱정을 하고 있는 거지. 완전 미쳤구나. 빈둥거리며 살겠다고 블로그까지 만들었건만.

앞글에 달린 댓글을 보는데 누가 싸대기 한 대 때리는 것 같은 충격 받았다.

나는 지금 어떻게 살고 있는 거지…….

빈둥 소녀의 정체성이 정체되고 있다. ㅠㅠ (엄마가 좋아하는 영화 속에

177

서 주인공은 이렇게 외쳤다. 나 다시 돌아갈래! 그 말에 큰소리로 대답하고 싶다. 야, 나도!)

광장

민 플라워에서 첫 알바비를 받았다. 돈 봉투를 건네면서도 사장님은 쭈뼛거렸다.

"너무 푼돈이라 값지게 쓰라는 말도 못 하겠다. 죽어라 일한 것 같은데 손에 쥐는 건 늘 적어. 나도 그렇거든. 못마땅하지? 앞으로도 못마땅한 순간들이 많을 거야. 겁주려는 게 아니라 미래의 네 시간은 그걸 마땅하게 바꾸는데 쓰라고 말해 주는 거야."

저 꼰대적 발언은 뭐지, 하면서도 봉투를 건네받을 때 살짝 감동했다. 노동의 실체를 이리 만지게 되다니. 물론 봉투는 얄팍했다. 하지만 못마땅하지는 않았다. 사장님은 주면서도 미안하다고 말했지만 시급에 딱 맞춰 받은 돈이었다. 아까운 시간과 힘든 노동과 따가운 상처의 대가로 받은 정직한 금액.

염색을 할까, 틴트를 살까, 아니면 잃어버린 블루투스 이어폰

오른쪽을 참새에서 구매할까……. 쥐꼬리만 한 돈인데 쓸 곳은 참 많았다.

"그래도 첫 월급은 무조건 속옷이지."

주민하가 시장에 가자며 손을 덥석 잡았다. 속옷? 선빈이 필요 없다고 하자 주민하가 너 말고 엄마 것이라고 말했다. 달랑 꽃 하나만 줄 생각이었냐며 나무랐다. 어쭈, 이럴 때만 유교걸이지. 평소에도 효도와는 거리가 멀었고 효녀까지 1인 4역을 하고 싶은 마음은 추호도 없었지만…….

"요즘은 빨간 내복 안 사. 예쁘게 나온 속옷이 얼마나 많은데. 엄마는 사이즈가 어떻게 돼?"

어느 순간 속옷 가게 사장님 질문을 듣고 있었다. 그러니까 그게…… 엄마가 무슨 색깔 속옷을 입는지, 사이즈가 어떻게 되는지, 어떤 브랜드를 좋아하는지 선빈은 전혀 알지 못했다.

골목에서도 훤히 보이는 구조 탓에 집 안에서 속옷 차림은 불가능하니 편하게 입을 실내복 한 벌을 구입했다. 그제야 엄마가 가운처럼 걸치는 로브를 좋아했다는 기억이 떠올랐다. 차마 못 버렸던, 하얀색 레이스가 달렸던 그 로브도 옷장 어디쯤에 있을 텐데……. 누구처럼 '옛날'이란 단어가 절로 나왔다.

주민하 눈에는 달랑 꽃다발 하나로 보였겠지만 그건 선빈의 첫 작품이었다.

"시간 있을 때 핸드 타이 한번 만들어 봐. 그래도 딸이 꽃집에서 알바하는데 꽃다발 한 번은 선물해야 하는 거 아냐?"

작업대 위에 라눙쿨루스와 파니쿰이 놓여 있었다. 사장님이 만들 때마다 슬쩍 훔쳐본 걸 아는 눈치였다.

"아직 믹스는 힘들지만 원 플라워 상품은 높낮이 조절하면 만들 수 있을 거야."

여러 꽃을 합해서 만드는 믹스 핸드 타이는 꽃의 색감과 크기 구조까지 생각해야 하기에 쉽지 않았지만 원 플라워 핸드 타이는 선빈도 도전해 볼 만했다.

물 올림을 끝낸 분홍색 라눙쿨루스를 스파이럴 방법으로 잡고 빈 공간에 파니쿰을 넣었다. 벼과의 파니쿰은 은은하게 중심 꽃을 뒷받침하는데 둘의 조화가 나쁘지 않았다. 베이지색 포장지를 이중으로 덧대 풍성하게 했고 물 처리를 끝낸 아래쪽에는 보라색 리본을 달았다. 보라색과 연두색 중 고민했는데 중심 꽃과 같은 색의 리본이 더 세련돼 보였다. 꽃다발에 선물까지 있으니 효녀 콘셉트는 확실했다.

그런데 간만에 효도 좀 하려고 했더니 엄마가 집에 없었다. 영업 끝난 염색 방 불빛이 아직 켜진 걸 보니 분명 거기서 드라마를 보고 있을 테다.

"믿고 맡겼던 건데 어떻게 이럴 수 있어? 당신이 그러고도 사람이야?"

얼굴 근육을 부들부들 떨던 여자가 앞에 앉은 남자의 얼굴에 물을 끼얹었다. 저 진부한 클리셰가 아직도 쓰이다니. 아직도 저 장면이 드라마에 쓰이는 걸 보면 클리셰가 아니라 클래식이라 해야 할까나.

"아직 놀랄 일이 더 남았는데 이렇게 미리 기운을 빼면 안 되지."

물 싸대기를 맞고도 남자는 여자를 놀리듯이 이죽거렸다. 아휴, 저 놈 말하는 것 좀 봐. 염색 방 사장님이 드라마 속의 여주인공보다 더 분노한 표정이었다.

엄마와 염색 방 사장님은 드라마에 빠져 있어 창문으로 선빈이 훔쳐보고 있는 것도 몰랐다. 어쩐 일인지 라떼 여사는 보이지 않았다.

텔레비전에서는 부부의 불륜을 다룬 드라마가 방영되고 있었다. 부인에게는 넘칠 만큼 애정 표현을 하는 사랑꾼 남편이자 아들에게는 한없이 자상한 아빠였던 남자가 오랫동안 젊은 여자와 불륜 관계를 맺어 왔다는 설정의 드라마였다.

드라마를 챙겨 보지 않는 선빈도 주변의 세 여자로 인해 대강의 내용은 알고 있었다. 며칠 전 드라마가 끝난 후 염색 방 앞에 모인 얼굴들이 어찌나 비장했던지……. 일제 강점기 독립운동가의 표정이 저러했을까 싶었다. 엄마가 드라마 속의 남편을 향해 푹 익은 김치로 싸대기를 때리고 싶다 말하니 염색 방 사장님이 그거 가지곤 성에 안 찬다며 머리카락을 죄 뽑아 버려야지, 하고 말했다. 그거로도 부족하다 느꼈는지 라떼 여사까지 말을 더했다. 온몸이 시퍼레지도록 지팡으로 패야 한다고. 불륜 남편이 그 자리에 있었다면 필히 목숨을 보존하지 못했을 테다. 드라마 이야기를 할 때는 나이 불문, 직업 불문, 적개심으로 대동단결했다. 어차피 드라마인데 이렇게 흥분할 일이냐고요! 여주인공의 친언니들이라도 되냐고요! 골목길 왕언니들의 모습은 보고만 있어도 후덜덜했다.

동네 사람들 앞에서 엄마 어깨를 으쓱하게 만들어 줄까 싶어 기회를 보고 있었지만 고도의 집중 모드를 깰 자신이 없어 포기했다. 다시 집으로 돌아오려는데 원수는 골목에서 만난다고 하더니 라떼 여사와 정면으로 마주쳤다.

"꽃집 다니면서 돈 번다고? 엄마 고생하는데 네가 조금이라도 힘이 돼 주면 훨씬 낫지. 잘했다!"

잘했다! 라떼 여사가 어쩐 일로 칭찬을? 사람이 갑자기 변하면…… 더럭 무서운 생각마저 들었다.

"그건 그거고. 지난번에 심부름 시켰을 때 거스름돈 천 원 부족하더라. 차라리 심부름값을 제대로 달라고 하던가. 그러면 못 써."

약 심부름을 했던 날, 선빈은 편의점 알바생이 내준 거스름돈 그대로를 라떼 여사에게 전했다. 천 원짜리 지폐 몇 장과 짤랑거렸던 잔돈까지. 단돈 천 원에 사람을 의심하다니 미치고 팔짝 뛰고 싶은 심정이었다. 편의점에서 파는 상비약이 약국보다 비싸다고 하던데 아마도 그 때문일지도 몰랐다.

"신용이 별거야? 시간 약속 잘 지키고, 돈 계산 철저하면 되는 거야. 알았지?"

그게 아니라, 선빈이 설명을 하려는데 라떼 여사는 자신의 말만 하더니 급하게 자리를 떴다. 백발의 뒤통수를 보면서 깨달았다. 괜한 걱정을 했다는 걸, 사람은 쉽게 안 변한다는 걸…….

"안 어울리게 왜 효녀 노릇이야?"

받으면서는 툴툴거리더니 그래도 엄마는 선물이 꽤나 마음에 든 눈치였다. 대학 동창 수진 이모에게 긴 통화로 자랑까지 했다. 우리 선빈이가 어쩌고, 기특하게 알바를 해서 저쩌고, 제 것이나 사면 될 걸 굳이 내 선물을 사 왔다는 등등의. 길게 이어진 통화 끝에 엄마는 수진 이모와 주말 약속을 잡았고 한껏 꾸미고 외출했다.

"수진 이모가 먼저 말해 주더라. 살면서 한 번쯤은 고꾸라질 때가 있지 않겠냐고. 뭐 그런 일로 친구 연락을 끊어 버리냐고."

자존심 세기로는 몇 손가락 안에 꼽힐 만한 엄마는 제일 친한 수진 이모의 연락도 한동안 받지 않았다. 아마도 고꾸라진 모습을 들키기 싫어서였을 테다. 그러니 수진 이모를 다시 만나는 건 큰 용기였다. 큰 용기를 내느라 까먹은 걸까. 약속 장소로 나간 엄마가 선빈에게 전화를 걸어 왔다.

"오늘 집에 있을 거라 그랬지? 그럼 미안한데 부탁 하나만 할게. 수진 이모한테 주려고 밑반찬 만들었는데 챙긴다 하고는 깜빡 잊고 왔어."

오랜만에 얼굴 보게 선빈아 나와라, 옆에서 수진 이모 목소리도 들렸다. 통화 볼륨을 잔뜩 올려 놓은 핸드폰을 통해 선빈의 대답이 수진 이모에게도 고스란히 전해질 텐데 거기서 싫다고 말할 수는 없었다. 약속 장소는 광장 근처였다.

그리고 갑자기 생긴 선빈의 스케줄을 아는 것처럼 주민하가 전화를 걸어 왔다.

"아무리 생각해도 나가서 확인해야 할 것 같아서. 선빈아, 시간 있으면 나랑 광장으로 같이 가 주라. 오후 2시 광장 앞에서 만나자고 했어. 내가 들었어. 어떤 여잔지, 어떤 관계인지 두고 볼 거야."

광장은 뭐고 여자는 뭔지 흥분한 주민하의 말을 알아들을 수 없어 몇 번이나 묻고서야 이해했다. 어제 고구마 밭에서 강승진이 누군가의 전화를 받았는데 여자의 목소리였고 광장에서 2시에 만나기로 약속한 내용을 다 들었다고.

"여자 목소리는 확실해?"

"12시 20분 급식실 앞에서 들어도 확실해."

점심 시작 전 급식실 앞의 소음은 청각 이상이 생길 정도의 데시 벨이었다. 그 속에서도 확실했다면야 성별 의심의 여지는 없었다.

이해는 했지만 강승진 일로 함께하고 싶지는 않았다.

"친구 좋은 게 뭐냐?"

바빴던 알바의 후유증으로 주말 내내 늘어져 있을 예정이었지 만 엄마의 심부름에, 주민하의 전화에, 무엇보다 툭 던지듯 뱉은 '친구'라는 말에 마음이 움직였다.

"광장에서 만난다며, 딱 봐도 사귀는 사이 아니잖아. 그걸 굳이 확인하러 가야겠냐?"

주민하는 공간은 편견일 뿐이라며, 어제 전화 통화 목소리를 들 었어야 했다고, 얼마나 다정했는지 모른다고 분통을 터트렸다.

"남의 뒤를 밟는 거 범죄야. 이거 사생팬들이 하는 짓이잖아."

"뒤를 밟다니? 말이 심하네. 친구의 사생활을 살짝 엿보는 거잖 아. 정말 여자애인지 확인만 하면 뒤도 안 보고 돌아올 거야."

얼굴만 봐서 뭘 알아내겠다는 건지……

"혹시라도 강승진을 만나면 근처 서점에 나왔다고 말해야 돼."

주민하는 알리바이까지 미리 준비했다. 공부를 이리 철저히 했 으면, 쯧쯧.

심부름은 금방 끝났고 주민하와 광장으로 갔다. 광장이 넓다는 건 알고 있었지만 한 사람을 훔쳐보기엔 지나치게 넓었다. 이렇게 넓은데 어디서 강승진을 찾을 수 있을지, 어디 숨어서 지켜봐야 하는지 난감했다. 주민하가 광장 가까운 카페를 검색해 왔다고 했는데 실제로 보니 광장까지의 거리가 제법 됐다. 망원경이 없다면 광장의 사람들이 보이지 않을 것 같았다.

어쩜 좋지, 주민하의 표정이 담임 별명과 같았다. 대략 난감.

"카페에 숨는 건 불가능. 그래도 일단은 부딪혀 봐야지. 다행히 우산도 있으니까."

하늘이 어둡기에 우산을 챙겼는데 일단은 그걸로 위장하자고 제안했다. 주민하가 하늘을 올려다봤다.

"네 눈엔 다 적란운이지? 저건 소나기 구름이 아니야. 우산 들고 오느라 괜히 힘만 들었겠네. 쯧쯧."

그새 구름 박사가 되었구나. 쓸모라고는 손톱의 때만큼도 없는 것에.

광장은 시간이 가면서 점점 더 붐볐다. 강승진도 사람들 사이 어딘가에 있을 터였다. 주민하는 집에서 가져왔다며 선빈에게 선글라스를 내밀었다.

"지금 이걸 끼라고?"

어린아이들 생일 파티에 사용할 법한 조악한 수준의 장난감 선글라스였다. 주민하가 낀 선글라스는 두 송이의 해바라기 모양 가운데에 까맣고 동그란 알이, 선빈에게 준 건 두 개의 생일 케이크 가운데에 분홍색 안경알이 달려 있었다.

"강승진 눈에 걸리는 것보단 낫거든."

주민하가 우격다짐으로 선빈의 눈에 안경을 씌웠다. 과연 이걸 위장이라고 할 수 있는지. 사람들의 눈길을 끌기에 딱 좋은 꼴이었다. 실제로도 지나가는 사람들의 시선이 선빈을 향해 꽂히기도 했다. 쪽팔림을 참으면서 광장 주변을 어슬렁거렸지만 강승진의 모습은 찾을 수 없었다.

그냥 집에 가자는 선빈에게 주민하가 아이디어를 냈다.

"저기 피켓 든 시위대 보이지? 거기로 위장 잠입하자. 보통 시위대는 한곳에 머물지 않고 걸어가면서 전단지 나눠 주거든. 그러면 자연스럽게 광장을 이동할 수 있을 거야."

흉물스러운 꼴만 벗어난다면 뭘 못할까 싶어서 무조건 찬성했다. 선글라스를 벗고 슬금슬금 시위대 가까이 다가가는데 주민하가 선빈의 팔을 잡았다.

"뭔지는 알고 들어가야지. 사이비 종교 단체기라도 하면 괜히 얽혀 골치 아파지잖아."

주민하가 슬쩍 비켜서서 피켓을 읽었다.

XX산업 유죄!
952,149명 책임져라

노동 관련 시위라고 생각했다. 많은 사람들이 직업을 잃었나 했지만 해직 관련 시위라기엔 참가자 연령이 지나치게 다양했다. 휠체어에 탄 어린아이도 보였다. 아이들은 뭐지? 가족들까지 시위에 참가한 건가? 계속 피켓에 쓴 글씨를 읽어 나갔다.

내 아내를 살려 내라
환경부 규탄한다
사회적 참사 인정하라

노동 관련 시위가 아니었다. 얼굴이 굳어진 주민하가 손가락으로 한곳을 가리켰다. 두 사람이 들고 있을 정도의 크고 긴 현수막이었다.

가습기 살균제, 살인 기업 엄벌하라

양쪽으로 현수막을 들고 있던 두 사람 중 하나가 바로 강승진이었다.

빈둥 소녀의 무용한 일상

빈둥 소녀 20XX.06.21.

타인은 지옥이다! 한동안 SNS 상태 메시지였다.

중학교 시절 왕따를 당했을 때도 그랬지만 집이 망하고 친인척들의 재빠른 손절을 보면서 더더욱 맹신했던 말이었다.

원래도 셀프 왕따처럼 살았고 최근엔 초라하고 비참한 꼴을 들키고 싶지 않아 누구도 옆에 두고 싶지 않았는데…… 요즘 이상하게 자꾸 사람들이 꼬인다.

한때는 홀이었던 거실에 놓을 테이블과 의자가 배달 왔다는데 보이는 건 커다란 박스밖에 없었다.

"검색해 보니까 둘이서 충분히 조립 가능하대."

엄마는 싸다는 이유로 조립 가구를 주문했단다. 설명서나 도면 보는 걸 죽어라 싫어하는 사람이(물론 나도) 왜 이런 걸 주문했냐고! 테이블에 다리만 붙이면 된다나. 이게 레고 블록이냐고. 역시나 똥손 두 명이 할 수 있는 일은 없었다.

일찍 영업을 끝낸 염색 방 사장님이 오셨지만 역부족. 위층 형님이 은근
손재주 좋다며 염색 방 사장님이 라떼 여사까지 불렀고 라떼 여사가 재수
없는 손자까지 데려와 조립을 마무리했다. 인정하기 싫지만 강승진 도움이
컸다.

염색 방 사장님이 사람 모인 김에 방에 있는 서랍장을 거실로 빼내자고
말했다. 방을 넓게 쓸 수 있도록. 졸지에 방까지 강승진에게 공개했다. 아,
쪽팔려.

거기서 끝났으면 좋았으련만.

"이제 바퀴 안 나오지? 그게 언제야? 새벽에 바퀴 때문에 탈출하고 난리
도 아니었잖아."

라떼 여사는 침대 아래까지 고개를 디밀어 확인했다. 굳이 그 얘기를 왜
여기서……. 궁상과 불행까지 이웃과 나누고 싶진 않았건만……. 바퀴벌레
처럼 어디론가 잽싸게 숨고 싶어졌을 때,

"서랍장부터 옮겨요."

강승진이 말했다.

모서리마다 한 명씩 들자 서랍장 안의 물건을 빼지 않고도 쉽게 옮겼다.
엄마랑 둘이 했으면 한참 끙끙거렸을 일이었다. 결론이 뭐냐고? 이제 사람
들이 좋아졌냐고? 천만의 말씀, 아직도 사람들이 싫다. 하지만 지옥만큼 싫

진 않은 것 같다. (바퀴벌레와 비교하면…… 음…… 그래도 사람 승! 바퀴
벌레에겐 이겨야 되지 않겠냐고!)

서프라이즈 피크닉

꽃집 유리문 밖으로 안개가 자욱했다. 미등을 켠 자동차들이 속도를 낮춰 지나갔다.

"건물주 변호사 말이야, 승소했다고 좋아한 게 얼마 안 됐는데 연이어 액운이 낀다. 골목 화재로 벽에 칠도 새로 해야 하는데 이번엔 누가 옥상 불법 증축물 신고했나 보더라. 벌금도 제법 나올걸. 건물주에 변호사라 세상 다 가진 것 같아 보였는데, 일희일비하지 않는 인생이 없구나."

꽃집도 날씨를 타는지 손님이 없었다. 사장님은 오늘 장사 다 접었다고 하면서 오래전 여가수가 부른 노래를 불렀다. 안개처럼 허스키한 사장님의 목소리. 나 홀로 걸어가는…… 아아아 그 사람은 어디에 갔을까?

사장님은 그 사람의 위치가 궁금하신가요? 저는 그 사람의 정

서프라이즈 피크닉 193

체가 궁금하답니다. 노래를 듣는데 강승진의 얼굴이 떠올랐다. 옥상 정원에서, 고구마 밭에서, 위층 현관에서, 구치소 앞에서, 정심 빌딩 골목에서, 그리고 광장까지. 강승진은 예상할 수 없는 곳에서 느닷없이 출몰했다. 홍길동도 그렇게 바쁘진 않을 듯했다.

광장으로 나가기 전 주민하는 수많은 상황을 그려 보았다고 했다. 강승진이 여자 친구랑 키스하고 있는 극단적 장면부터 담백하게 여자 사람 친구와 만나고 있는 장면까지.

"심지어 중고 거래까지 생각했다니까."

전화 한 통에 별생각을 다 했군. 그런데도 시위 현장에서 현수막을 들고 있는 강승진의 모습은 머릿속 그 많은 시뮬레이션 중에 없었다고 했다. 그건 선빈도 마찬가지였다.

그날 주민하는 눈에 띄게 당황했고 어디로 몸을 숨겨야 할지 몰라 허둥거렸고 그 어색한 행동 때문에 바로 발각됐다. 눈이 마주친 강승진 역시 놀라서 현수막을 다른 이에게 넘기고 곧장 선빈에게 다가왔다.

"너희가 여긴 어쩐 일이야?"

만약의 알리바이를 위해 화훼 관련 책 몇 권을 들고 나간 게 어찌나 다행이던지. 가방에서 책을 꺼내 강승진 눈앞에 들이밀었다. 서점 나들이를 했을 뿐 너를 미행한 건 정말 아니란다, 항변하듯이. 이번엔 선빈이 묻고 싶었다.

"너야말로 뭐야?"

선빈의 질문에 강승진이 겸연쩍다는 듯이 얼굴을 붉혔다.

"놀랐지? 사실 가족 중에 피해자가 있어."

피해자라……. 선빈의 눈길이 휠체어 탄 아이 쪽으로 향했다. 아이 옆에는 대형 산소통도 놓여 있었다. 가습기 살균제가 폐에 치명적 손상을 입혔다는 기사는 선빈도 읽은 적이 있었다.

가족 중의 피해자라면…… 아빠였구나. 그래서 돌아가신 거구나. 쓸쓸한 눈빛의 강승진을 보는데 뭐라고 말해야 할지 생각이 안 났다. 가족 문제 적임자라 자처하는 주민하도 아무 말 못 했다. 고맙게도 시위대가 자리를 이동하면서 누군가 강승진을 불렀고 난처한 상황을 벗어날 수 있었다.

사장님은 시들한 라벤더 몇 송이를 품에 안고 퇴근했다. 선빈에게도 몇 송이 가져가라는 말과 함께.

"삼각김밥 부러워하지 마. 솔직히 꽃집 콩고물이 훨씬 더 고급스럽잖아. 그렇지?"

주민하가 챙겨 온 폐기 상품을 사장님은 편의점 콩고물이라 불렀고 꽃을 챙겨 주실 때마다 폐기 상품과 비교했다. 거베라가 샌드위치에 비하겠냐고, 리시안셔스가 삼각김밥보다 못하겠냐고 하면서. 꽃집의 아가씨는 안 예쁠 수 있지만 그 아가씨가 만든 꽃다발만큼은 최고로 예쁘다는 자긍심 하나로 사는 사장님. 띠링,

문에 달린 종소리가 들린 지 얼마 안 됐건만 가게를 나간 사장님은 안개 속으로 사라져 버렸다.

안개와 구름은 같다고 들었다. 둘 다 물방울로 이루어져 있는데 지면에서 가까우면 안개로, 높은 곳에 있으면 뭉쳐져 구름이 된다 했다. 위치에 따라 모습이 바뀌는 것처럼 강승진도 그런 걸까? 주민하는 시위에 앞장선 강승진을 향해 개념 청소년이라 치켜세웠는데 정심 빌딩 방화 용의자와 개념 청소년이 같을 수도 있는 걸까? 유능한 사업가인 줄로만 알았던 아빠에게 객관적인 사기횡령 증거가 있던 것처럼 강승진도 두 가지 얼굴을 가진 걸까?

강승진에 비하면 라떼 여사는 훨씬 단순했다. 오직 하나뿐인 얼굴. 한결같이 염색 방 앞자리에 앉아 오만 가지 일에 참견하고 잔소리하고 선빈을 보면 먹잇감을 발견한 것처럼 득달같이 달려들어 시비를 걸었다. 걸음걸이가 그게 뭐냐, 교복 치마 길이가 왜 그리 짧냐, 주머니에 손을 넣고 걷지 마라, 다리 떨면 복 나간다……. 카페 쿠폰 도장처럼 열 번 참을 때마다 한 번씩 들이받을까 하는 생각도 들었지만 아들을 잃은 사정을 알고 나니 그럴 수 없었다.

골목에서 만나면 고분고분 인사했고 묻는 말에도 친절하게 대답했다. 어느 날인가는 라떼 여사에게 잘해 주고 싶단 생각마저 들었다. 하필 연습 삼아 만든 원 플라워 상품을 들고 있을 때.

"이거, 오다가 주웠어요."

꽃다발을 불쑥 내밀었다. 생색을 내고 싶진 않았고 낯간지러운 인사말을 기대한 것도 아니었다. 다만 구김 없는 포장지와 빳빳한 리본으로 눈치는 챌 거라 예상했지만…….

"멀쩡한 걸 쓰레기로 버리다니. 하여튼 요즘 것들은, 쯧쯧!"

졸지에 쓰레기를 건네준 사람이 되고 말았다. 농담도 통할 사람에게 해야 하는 법이었지만…… 꽃을 받고 웃는 모습을 보니 기분이 나쁘진 않았다.

머릿속에선 의문과 회의가 휘몰아치는데 입으로는 정작 말 한마디 할 수 없는 순간들이 있다. 챙챙, 스치기만 해도 치명상을 입을 듯한 광선 검을 휘두르며 목숨을 건 혈투를 하던 중 갑자기 '아임 유어 파더.'라는 뜬금없는 고백을 들었을 때처럼, 고작 향하나 피웠을 뿐인데 사랑하던 여인이 돌연 자신을 향해 삼촌이라 부르며 정색했을 때처럼. 선빈 역시 강승진에게 아무것도 물을 수 없었다.

강승진이 먼저 말을 걸지 않았다면 계속 입도 뻥긋 못 한 채로 살았을지 모르겠다.

"오늘 딴 상추랑 치커리는 내가 다 가져도 되지? 그리고 이번 일요일에 시간 되는 사람?"

역시나 주민하가 손을 번쩍 들었다. 이게 선착순 마감이냐고. 혀를 끌끌 차려는데 주민하가 손가락 한 마디가 들어갈 만큼 옆

구리를 찌르는 바람에 반사 작용으로 그만 팔이 위로 불쑥…….
적은 정말 가까이 있다!

강승진은 시간과 장소는 톡으로 알려 주겠다는 말만 하고는 급하게 가 버렸다. 담임도 그러더니 바람과 함께 사라지는 게 유행이냐고. 그렇게 사라진 강승진이 보낸 건 '한강 ○○지구 입구 편의점 앞. 일요일 오전 11시 30분'이라는 내용 달랑 하나였다.

한강에서 뭐 할지 정도는 말해 줘야 되는 거 아니냐고. 성질이 확 올라왔는데…… 주민하가 단톡방에서 설레발을 시작했다.

—오, 한강! 장소만 봐도 벌써 흥분.

사랑에 빠지면 이성을 잃나 보다. 한강이란 말 한마디에 흥분이라니. 주민하 얘는 도대체 무슨 생각을 하는 걸까. 한강이 데이트 장소이기만 할까? 납치, 폭행, 살인 같은 사건도 얼마든지 일어날 수 있는 곳이건만. 기가 막힐 지경인데 선빈에게 따로 개인 톡까지 보냈다.

—혹시 그날 분위기 봐서 먼저 빠져 줄래?

따로 데이트라도 하려나 본데, 그렇다면 기꺼이 꺼져 드리지요. 생각은 그랬는데 이상하게 서운했다. 일부러 성의 없어 보이려고 'ㅇ' 하나만 보냈다.

구름 위에 탄 것처럼 들뜬 주민하와 달리 선빈은 금방 이성을 찾았다. 갑자기 한강에서 만나자는데 아무것도 모르면서 만날 수는 없지 않냐고, 간단히라도 물어보자고 했건만 주민하가 반대했다.

"그 많은 상추와 치커리가 왜 필요하겠어? 거기에 약속 장소는 한강. 딱 봐도 피크닉이잖아."

그럼 피크닉이라고 말하면 되지, 왜 아무 말도 안 했겠냐고 되물었을 때도 주민하는 냉큼 대답했다.

"서프라이즈! 서프라이즈 하겠다는데 협조 좀 하자."

서프라이즈 피크닉? 왜 셋이서? 궁금증이 솟았지만 협조하려고 결국 아무것도 안 물었다. 하지만 결국 드레스 코드라도 물었어야 했나 후회했다.

"이런 옷도 있었어?"

지하철역에서 만난 주민하는 찰랑이는 꽃무늬 원피스를 입고 있었다. 딱 봐도 데이트 하러 간다는 걸 티 내 듯이.

"옷장의 팔십 프로가 이런 옷이야. 맨날 밭일하고 알바하니까 입은 걸 못 본 거지."

오냐, 눈치껏 빨리 꺼져 주마, 결심하고 한강으로 갔다. 일찍 도착해 편의점에서 투 플러스 원 상품도 몇 개 챙긴 후 나오자 저 앞에 강승진이 보였다. 정확하게 말하면 투 플러스 원 상품으로는 커버가 안 될 강승진 일행이.

"지금 이 상황, 나만 예상 못 한 거니?"

아니, 나도,라는 말은 주민하에게 전혀 위로가 되지 못했다.

서프라이즈는 맞았다. 확실하게 많이 놀랐으니까.

"미리 말하면 부담스러워할 것 같아서 아무 말도 안 했어."

놀란 채로 박제된 주민하의 얼굴을 봤는지 강승진이 머리를 긁적였다. 아무리 그래도 미리 말은 했어야지. 쟤 옷 좀 보라고. 저 옷이 뭘 의미하는지 너는 모르겠니? 주민하의 꽃무늬 원피스는 어쩌냐고!

강승진과 함께 온 일행들은 가습기 살균제 피해자들이었다. 시위에서 본 것처럼 휠체어를 타거나 산소통을 낀 이들은 없었다. 비교적 경상인 건강 피해자들이라고 했다. 넓은 돗자리를 펴고 앉아서 제일 연장자인 언니가 인사를 건넸다.

"승진이한테 대강 얘기 들었지? 들어서 알겠지만 우리는 바깥 나들이 한번 하기가 참 힘들어. 혹시 모를 돌발 상황에 대비해 약이랑 네뷸라이저 등 챙길 게 많거든. 흔쾌히 도와주러 오겠다 해서 정말 고마웠어."

대강은커녕 전혀 들은 바가 없었지만 고맙다고 말하니 선빈은 괜찮다는 표정을 지을 수밖에 없었다. 주차장부터 땀을 한 바가지 흘리며 짐을 날랐지만 아무렇지 않다는 듯.

연장자라고 해 봤자 자신은 이십 대 중반이라면서, 자신보다 더 어린 피해자들을 위해 오늘 자리를 마련했다고 했다. 기업의 이기심과 정부의 무관심이 만든 사회적 참사 피해자이지만 피해 정도도, 증상도, 치료법도 다르다 보니 환우회 같은 결속 모임 하나가 없는 게 안타까웠고 일단 연결되는 사람들부터 만나 보고 싶었다고 얘기했다.

"평범한 한강 나들이도 우리에겐 특별한 일이야. 그러니까 맛있는 점심 먹고 사진 찍고 재미있는 시간 보내자."

뭉클한 얘기였지만 처음 만나서 나누기에는 무거운 주제이기도 했다. 다행히 본인은 전혀 의도하지 않았건만 주민하가 분위기를 띄웠다. 모임의 연장자 언니가 원피스를 입고 온 탓에 다리를 펴지도 접지도 못한 채 어색하게 앉은 주민하에게 눈을 돌렸다.

"한강에 원피스라니! 이 친구 센스가 보통 아닌걸. 대놓고 도우미예요, 티 내는 건 우리도 부담스럽거든. 우리랑 데이트하려는 마음으로 이렇게 입은 거 맞지?"

다수와의 데이트를 원한 건 아니었을 텐데 주민하는 냉큼 그럼요,라고 대답했다. 얼굴빛 하나 안 변하고 저런 거짓말을 하다니! 주민하의 대답에 웃음이 터졌고 그 덕에 편한 분위기에서 자기소개를 할 수 있었다.

"제가 처음인가요? 저는 3등급이에요."

얼굴로 봐선 선빈 또래였다. 아프면서도 3등급을 받다니 대단하다 싶었는데…….

"운동은 당연히 못하고 가만히 있어도 숨이 차요. 그런데도 3등급이래요."

피해 등급을 말하는 거였다. 성적 따위나 생각하다니 얼굴이 홧

홧했다. 그 뒤에도 짧지만 묵직한 사연들이 연이어 나왔다. 학교를 다니지 못해 홈스쿨링을 하고 있다는, 누적된 병원 치료비가 대기업 연봉을 훌쩍 넘었다는, 가족들이 모두 피해자라는…… 뉴스에서는 듣지 못했던 사연들이라 놀랐다. 어쩐지 그들 앞에 있는 것이 부끄러웠다. 멀쩡히 숨을 쉬고 있는 것조차도. 고개를 푹 떨어뜨린 선빈을 강승진이 툭 쳤다.

"한 번쯤은 얘기 하고 싶었어. 나한테 궁금한 거 많잖아. 오늘 다 알게 될 거야."

그 말을 할 때의 강승진은 뿌연 안개가 아니라 윤곽이 선명한 뭉게구름 같았다. 이 기회를 놓칠 순 없었다. 왜 구치소 앞에 있었는지, 정심 빌딩 옆 골목에서 뭘 했는지 잘근잘근 씹어 먹듯이 털어 보리라 결심했다.

선빈의 조바심을 아는 것처럼 어느새 마지막 사람 차례였다. 키가 훌쩍 큰 남자였다.

"저는 스무 살 강승호고 옆에 있는 강승진의 형입니다."

형이라고! 형이 있었다고? 놀랐지만 아무 말도 할 수 없었다. 아임 히즈 브라더, 이 말에 어떤 질문을 할 수 있냐고!

'내일로 가는 가족' 잡지 특별 기고문
—가족의 재활용!

경소현 (49세, ○○시 거주)

가정의 달 특집으로 가족에 대한 이야기를 써 달라는 요청을 받았을 때 망설였습니다. 행복한 가족의 이야기가 아닐 텐데 어쩌나 싶었어요. 특별한 가족의 이야기여도 괜찮다는 편집부의 말에 용기를 얻고 이렇게 펜을 들었습니다.

저는 스물여덟 살에 첫 결혼을 했고 두 아들을 낳았습니다. '첫 결혼'이란 말에서 눈치를 채셨겠지만 제 결혼은 오 년 만에 끝났습니다. 남편과 사이가 안 좋아졌고 떨어져 사는 것이 더 좋겠다는 의견을 거쳐 나온 합의 이혼이었어요. 비혼, 미혼, 이혼 삶의 다양한 방식 중의 하나일 뿐이기에 실패라는 생각은 하지 않기로 했습니다. 물론 그렇다고 상처가 없진 않았어요. 특히 남편과의 사이에 두 아이가 있었기 때문에 이혼의 과정이 더 복잡하고 힘들었지요.

이혼이 뭐 특별한 얘기야, 생각하신 분들 조금만 참아 주세요. 이제부터 특별한 이야기를 시작할 테니까요. 저는 지금도 이혼한 남편과 자주 만납니다.

남들 눈에는 상당히 개방적인 의식을 가진 사람으로 보일 테지요. 이혼한 남편과 친구처럼 지낸다고 부러워하는 시선도 있는데 친구라기보다는 간병 파트너라고 부르는 것이 더 정확한 말일 거예요.

큰아이가 많이 아프거든요. 큰아이는 돌이 될 무렵부터 기관지와 폐가 안 좋은 탓에 자주 병원 신세를 졌어요. 잔병치레는 말할 것도 없고요. 기침이 잦고 호흡이 가빠 쌕쌕거리는 모습을 보고 있으면 가슴이 무너졌어요. 왜 아이가 아플까, 무슨 원인일까 궁금한데 병원에서는 별다른 이유가 없다고 하니 답답하기만 했지요. 어린아이가 아프다 보니 혹시나 유전적인 문제가 아닐까 의심했고 그러면서 남편과도 자주 싸웠어요.

사실 임신 전에 제가 가끔 흡연을 했거든요. 물론 임신을 준비하면서부터는 하지 않았지요. 그런데 큰아이 폐가 안 좋다니까 남편이 저를 의심하더라고요. 혹시 담배 피운 거 아니냐고. 그 말에 상처를 크게 받았어요. 아이가 아픈 책임을 모두 저에게 돌리는 것처럼 들렸거든요. 아이를 돌보기 위해 이직과 휴직을 한 건 남편이 아니라 저였는데 그런 말을 들었으니까요.

남편은 제가 직장을 그만두길 원했어요. 시댁과 친정 어른들 외에도 사람을 써 가면서 계속 직장을 다녀야 했기에 저도 고민이 많았고요. 그런데 이성적이고 합리적인 고민을 할 시간과 여유가 없다 보니 직장을 그만두는 건 지는 거라는 생각만 들었어요. 저를 나쁜 엄마로 몰아가는 남편의 뜻에는 절대로 따를 수 없다는 아집만 남았지요.

아픈 아이 하나만으로도 벅찬데 우리 부부는 서로 적이 되어 내부 전쟁을 벌여야 했어요. 그 생활이 삼 년을 넘기자 더 이상 함께할 수 없다는 생각이

들었고 이혼을 선택했지요.

전남편이 나쁜 사람처럼 보일까 걱정스러운 면도 있는데 그 사람은 마지막까지 저를 배려해 줬어요. 아픈 큰아이를 자신이 맡으려 했으니까요. 출장이 잦은 제 직장을 생각해 준 거였어요.

자녀가 있는 가정의 경우 이혼이 조금 복잡한데 저희 집은 아이가 아파서 그 고민이 좀 더 깊을 수밖에 없었어요. 형제가 같이 생활하면 좋다는 건 알았지만 아픈 아이 하나를 돌보는 것만으로도 진이 빠지는 일이라 할 수 없이 둘째를 제가 데려와야 했답니다. 입원과 퇴원을 반복하는 큰아이 때문에 둘째가 외갓집에서 살다시피 하기도 했고요.

문득 병의 원인을 빨리 알았다면 어땠을까 하는 생각을 가끔 해요. 그랬으면 이혼을 하지 않았을 거라는 후회 때문이 아니라 아이의 상태가 악화되지 않게 막았을 거라는 생각 때문이에요.

우리 큰아이는 가습기 살균제의 피해자예요. 2011년 정부의 발표를 보기 전까지는 가습기가 아이의 몸을 망가뜨리고 있다는 사실을 전혀 알지 못했어요. 내 손으로 구입한 물건이 아이의 몸을 망가뜨렸다는 사실은 충격을 넘어 공포였어요.

혹시 신문에 실렸던 가습기 살균제 광고를 기억하시나요?

'가습기 ○○○가 없으시다면 가습기를 끄십시오!'

대기업에서 만들었고, 그렇게 단호한 문구로 홍보를 하는데 어떻게 의심할 수가 있겠어요? 어린아이에게는 더 필요하기에 꼭 구매해야 했지요.

가습기 살균제는 집 근처 구멍가게에서 구매했어요. 노부부가 운영하는 곳이었는데 구멍가게 할머니가 우리 큰애를 굉장히 예뻐해 주셨어요. 아파서 어떡하냐고, 어서 나으라고 같이 아파해 주셨거든요. 그 가게에 가면 가급적 현금으로 계산을 했어요. 그렇게라도 그분들을 도와드려야 할 것 같은 마음에서요.

그 때문에 나중에 가습기 살균제 구매 입증이 안 돼 애를 먹었어요. 혹시 증언이라도 받아 놔야 하나 다시 찾아갔을 땐 할머니는 돌아가셨고 할아버지는 치매로 요양 시설에 들어가셨다는 소식을 들었어요. 그러면 안 되는데 괜히 두 분이 원망스러웠고 내 주제에 누굴 생각한다고 그렇게 오지랖을 부렸나 후회도 많이 했어요.

살균제를 구매했어도 병과의 인과 관계를 입증하기가 어렵다는데 우리는 그 첫 단계부터 난관에 부딪혔어요. 가습기 살균제가 찍힌 사진이라도 찾아보라는데 아무리 찾아도 없는 거예요.

결국 사진은 남편이 찾았어요. 아이 때문에 외출이 쉽지 않았던 남편이 지인들을 종종 집으로 부른 적이 있었는데 친구의 핸드폰 속에 큰애 사진이 남아 있었데요. 아이 뒤로 가습기와 가습기 살균제도 찍혀 있었고요. 그 덕에 겨우 구매 입증을 할 수 있었어요. 그걸로 큰 산을 하나 넘었다 생각했는데 아니더라고요. 고작 출발선에 섰던 거였어요.

구매 입증 후 아이의 병원 기록을 전부 제출했는데 피해자 등급이 잘 안 나왔어요. 그 뒤에도 제대로 된 피해 등급을 받기까지 꽤 긴 시간이 걸렸고 그 모든 일을 전남편과 같이 해야 했지요.

이혼 직전엔 남편이 소름 끼치도록 싫었어요. 언제 소름이 끼치는지 한번 생각해 보세요. 공포를 느낄 때 그렇잖아요. 옆에 있는 것만으로도 공포를 느꼈던 건데 아이 문제 앞에서는 더없이 잘 맞는 파트너가 되어 있더라고요. 부부이기 전에 부모니까요.

판정을 받고 나면 끝일 줄 알았는데 향후 치료와 보상 같은 새로운 문제가 생겼어요. 외부적으로 그런 투쟁을 하면서도 아이의 치료를 병행해야 했기에 할 일이 정말 많았어요. 아직까지도 끝나지 않았고요. 그래서 주말이면 전남편의 집으로 가서 큰아이와 함께 시간을 보내요. 어쩔 수 없이 시어머니를 자주 만나요. 이혼 후 남편이 시어머니와 함께 살고 있으니 얼굴을 마주치지 않기가 쉽지 않답니다.

완전 아메리칸식으로 보이겠지만 사실 시어머니를 만나는 게 유쾌한 일은 아니에요. 당연하죠, 어떻게 편하겠어요? 그렇지만 우리는 만나야 해요. 같이 공동으로 할 일이 있으니까요.

지난번에는 정말 지치셨는지 저를 보더니 어서 오라고 반색을 하셔서 놀라기도 했어요. 참 이상한 고부 관계죠. 그 모습을 보더니 우리 큰애가 이렇게 말하더라고요. 엑스 시어머니와 이렇게 자주 만나는 사람은 엄마밖에 없을 거라고, 이거 완전 '가족의 재활용' 아니냐고 하면서요. 딱 맞는 말이다 싶었죠.

저에게는 하나의 가족이 더 있어요. 재혼 후 만난 남편과 시어머니가 저의 또 다른 가족이에요. 그들의 도움이 없었다면 큰아이를 만나고 돌보는 게 힘들었을 거예요. 특히 시어머니가 고마웠어요. 전남편 집으로 가는 며느리가 좋게 보일 리는 없을 테니까요.

왜 저렇게 살아? 이상하게 보는 눈들도 분명 있었어요. 이런 사연이 없다면 저도 그랬을 테니까요. 그런데 그런 분들에게 묻고 싶네요. 그럼 저는 어떻게 살아야 하나요? 아픈 아이를 돌보면서, 둘째 아이도 키우면서 직장도 다녀야 하는데 제가 어떻게 살아야 하는지 알려 주세요. 더 좋은 방법이 있다면 저도 따를게요.

그 방법을 찾을 때까진 아마도 저는 지금까지처럼 살 것 같아요. 남들이 쑥덕대고 손가락질하더라도 달리 방법이 없어요. 그래도 한번쯤은 스스로에게 물어보세요. 가족이 뭔지, 사랑이 뭔지에 대해서. 그러면 손톱만큼 제 입장을 이해해 줄 수도 있지 않을까요? 전남편 집으로 가는 상황이 이상하지 않고 특별한 가족 이야기로 보일 수도 있지 않을까요?

20XX년 5월 2일
특별하면서 평범한 엄마 경소현

누구나 비밀은 있다

방화범이 잡혔다. 작년에 꽃집 자리에서 도시락 배달 가게를 운영했던 사람이란다. 임대료 문제로 건물주와 사이가 안 좋아 가게를 접은 뒤 마땅한 일도 없이 전전했고 그날은 술 먹고 홧김에 사건을 저질렀다고 한다.

"세상에, 목표가 우리 가게였잖아. 큰일 날 뻔했네."

범인의 정체를 알고 사장님은 가슴을 쓸어내렸다. 놀라고 분노했어도 꽃집의 일은 쉴 수 없기에 며칠 전부터 미뤄 둔 팔손이나무 분갈이를 했다. 분갈이를 마친 화분을 맞잡아 한편으로 옮기는데 사장님이 문제를 냈다.

"요 팔손이는 보통 겨울에 꽃이 펴. 꽃말이 뭔지 한번 알아맞혀 봐."

서당 개도 삼 년은 되어야 풍월을 읊는데 어찌 꽃집 알바 두 달

만에 그런 문제를……. 고민도 하지 않고 포기했다. 뭔데요?

"비밀!"

"답도 안 가르쳐 줄 거면서 문제는 왜 냈어요? 혹시 사장님도 모르는 거 아니에요?"

"꽃말이 비밀이라고."

꽃집 사장님만 웃는 꽃집의 유머였다. 비밀, 이제 팔손이 꽃말은 잊혀지지 않을 것 같다.

누구나 비밀은 있다. 방화 사건의 유력 용의자 강승진도 그날 자신의 비밀을 고백, 아니 자백했다.

"알바하니까 얘기 들었을 텐데 사실 내가 정심 빌딩 사건의 범인이야. 아니, 파파라치가 맞는 말이려나."

난데없이 등장한 강승진의 형 때문에 멘탈이 나가 있을 때 한 말이었다. 있는 줄도 몰랐던 형이 나타났고, 그 형이 가습기 살균제의 피해자라는 사실을 받아들이는 것만으로도 선빈의 머리는 과부하 상태였다. 거기에 자신이 범인이라는 강승진의 자백은 더 이상 들어갈 공간이 없을 만큼 꽉 채워, 엉덩이까지 깔고 앉아 겨우 지퍼를 닫은 여행 가방 옆으로 덩그러니 남은 세면도구와 같았다. 들어갈 곳은 없는데 빼놓을 수는 없는 그런 것.

서프라이즈 피크닉이 있던 날은 방화범이 잡히기 전이었다. 점심 도시락을 먹느라 삼삼오오 모여 있었고 옆자리도 떨어져 있긴 했지만 혹시라도 누가 들어 신고라도 하면 어쩌려고. 보기보다 대범한 녀석이네. 주위를 둘러보던 선빈이 오히려 목소리를 죽였다.

"그러니까 네가 불을 지른 게 맞아?"

선빈의 배려가 무색하게 세 사람이 목청껏 말했다.

"그게 무슨 말이야?"

자백까지 해 놓고 시치미를 떼는 강승진의 말은 어이없었고,

"불이라고? 무슨 불?"

그래, 네 가슴에도 불을 질렀겠지, 아무것도 모르면서 끼어드는 주민하의 말은 상대하고 싶지도 않았고,

"뭔가 오해한 것 같은데……."

주민 등록증을 보여 주며 관계를 증명하더니 혈육 감싸 안기에 나선 강승진 형의 말은 한 귀로 흘렀다.

"무슨 소리야? 빌딩 사진을 찍어 고발한 게 다야. 불이라니?"

강승진은 방화범이 아니라 불법 증축물 신고 파파라치였다. 하여튼 이상한 녀석이었다. 그런 일은 또 왜?

"신종 알바야? 돈 많이 버나?"

자본주의의 시녀, 주민하의 질문은 어찌 이리 노골적인지. 선빈도 건물주 손자가 굳이 그런 알바까지 해야 하나 싶긴 했다.

"안 그래도 그 사건 때문에 나도 아빠도 이 녀석 한참 혼냈어. 아무리 그래도 사적 복수는 절대 안 된다고."

아빠? 사적 복수? 들을수록 머리가 복잡해졌다. 차라리 방화범

이었다는 자백이 훨씬 덜 충격적이었을 것 같았다.

"도대체 뭔 말인지 알아들을 수가 없네. '무엇이든 물어보세요' 시간 좀 가져도 될까요?"

성격 급한 주민하가 깔끔한 해결 방법을 내놓지 않았다면 중구 난방 자기 얘기만 하다 끝날 듯했다.

"아빠가 돌아가셨다 들었는데 아니었나 봐. 형이 있단 얘기도 못 들었고……."

그 어떤 가족보다 미지수 자체였지만 남의 가족사를 꼬치꼬치 물어도 되나 망설이다 혼잣말 비슷하게 웅얼거렸다.

"맞기도 하고 아니기도 해."

뭐라는 거야. 역시 안 듣는 게 나을 걸 그랬나 후회가 들었다. 주민하의 생각도 선빈과 비슷했는지 대답하려는 강승진을 막았다. 너무 다크한 얘기라면 하지 말라고.

"다크하지 않아. 내 얼굴까지 공개했는데 속일 필요도 없고. 그리고 선빈이라고 했나? 이 친구한테는 얘기해야 한다 생각했어."

강승진 형이 갑자기 선빈을 들먹였다. 굳이 나한테 할 얘기가 있다고? 아, 한집에 살아서 그런가? 아직 주민하한테 말 안 했는데 큰일 났네. 그런데 선빈보다 강승진이 더 화들짝 놀라며 형을 막았다.

"형, 내가 얘기할게."

일단 강승진과 강승호는 형제 관계가 맞았고 아빠도 살아 계셨

212

다. 라떼 여사 아들이 죽은 것도 사실이었다. 강승진 엄마가 첫 남편과 이혼 후 라떼 여사 아들과 재혼했던 거란다. 이혼 후 큰아들은 전남편이 키웠고 강승진은 엄마와 함께 살았기에 선빈이 형의 존재를 볼 수 없었던 거였다.

강승진이 화학 제품에 민감하게 구는 것도 한순간에 이해가 됐다.

"형 일 때문에 화학 제품에 유독 예민한 편이야. 저번에 너한테도 한번 얘기했잖아. 속눈썹 붙이지 말라고. 속눈썹 접착제에도 독성 물질이 많이 있어. 꼭 확인하고 사용해야 돼."

주민하를 심쿵하게 만들었던 게 그런 이유였어? 착각이 죄는 아니잖아. 민하야, 언니는 다 이해한다. 웃으면 안 돼, 노력했지만…… 주민하 얼굴이 일그러지는 걸 보니 킥킥 웃음이 새어 나왔다.

"형이 아프면서 줄곧 외갓집에서 자랐어. 돈에 지독한 외할머니가 고작 몇천 원짜리 살균제도 아깝다며 안 샀는데 그 덕에 나는 괜찮았어. 웃기지 않아? 인간의 운명이 고작 몇천 원 때문에 갈릴 수도 있다는 게."

진지할 때는 누구보다 진지해지는 주민하. 강승진이 그 진지함의 버튼을 눌렀다.

"사람이 관계된 일에 우스운 건 없어. 결과가 우습게 보일 순 있겠지만 그 일에 엮인 사람들의 시간과 노력과 마음만큼은 함부로 비웃으면 안 돼."

주민하도 큰아버지가 횡령한 돈을 악착같이 받으러 다녔다고 했다. 중학교 때부터 주말이면 큰아버지 집에 갔다고, 가서 돈 달라는 말을 했다고, 독한 년 소리를 들으면서도 그랬다고, 그랬는데도 결국 돈은 못 받았다고. 그 말을 할 때의 주민하의 표정은 어느 때보다 어른스러웠다. 망한 이야기는 모두 진부하다고 생각했던 자신이 몹시 부끄럽다 느껴질 만큼.

"알고 있는지 모르겠는데 정심 빌딩 건물주는 대형 로펌 변호사야. 얼마 전 재벌 3세 운전사 갑질 사건에서 승소해서 화제를 모으기도 했고."

꽃바구니를 보냈던 사건이 그거였구나. 그 사건은 재벌 3세의 운전기사였던 사람이 밝힌 하나의 녹음 파일에서 시작됐다. 블랙박스에 녹음된 재벌 3세와 운전기사의 대화는 충격 그 자체였다. 대화라고 할 수도 없는 것이, 재벌 3세의 일방적인 쌍욕이었다. 선빈이 뉴스에서 들었던 음성 파일은 욕을 지우느라 온통 삐리리 삐리리로 처리되어 있었다. 그걸 누군가 파일을 풀어 날것 그대로 SNS에 올렸고 삽시간에 이 XX, 저 XX는 물론 쌍시옷이 들어간 화려한 욕지거리가 전 국민 고막에 생생하게 전달됐다. 뉴스에 나와 같이 산다는 뜻의 '상생' 기업 문화를 설명하던 재벌 3세의 민낯은 부끄럽다 못해 추악했다. 욕설 당사자는 물론 국민들에게 사과했던 그가 뒤로는 개인 정보를 빼냈다는 혐의와 명예 훼손으로 운전기사에게 소송을 걸었다는 건 선빈도 모르는 사실이었다.

"완전 양아치네."

주민하의 말에 속이 시원하긴 했지만 탐관오리를 고발하는 암행어사도 아니면서 강승진은 뭐 하러 그런 일을 했을까.

"사실 그 사람은 가습기 살균제로 인해 운동 장애를 가졌다 주장하는 피해자의 변호사였어. 물론 가해 기업을 상대로 했던 소송은 패소했고."

"재판이 질 때도 있고 이길 때도 있는 거지. 그렇다고…….''

성격 급한 주민하가 딴지를 걸려 하자 강승진이 급하게 말을 이었다.

"재판 이후 그 사람은 대형 로펌으로 자리를 옮겼어. 사건의 진행 경과, 증거 등 많은 정보를 알고 있는 사람이 살균제 제조 기업의 변호를 맡은 로펌의 변호사가 된 거야. 형식적으로는 살균제 사건을 담당하진 않지만 피해자 측에선 의심이 가는 부분이 크다고 봐."

상상을 초월하는 사연이었다. 강승진은 변호사가 출근하는 날 로펌 앞에서, 가해 기업 대표가 출소하는 날은 교도소까지 가서 항의했다는 것도 얘기했다. 아마도 선빈이 본 날이었을 테다.

"와, 어떻게 그럴 수가 있냐? 나 욕 좀 할게."

주민하 입에서 묵음 처리해야 할 정도의 찰진 욕이 튀어 나왔

다. 개삐리리 십삐리리……. 듣고만 있어도 속이 시원했고 선빈도
더는 참을 수 없었다.

"나도 욕 좀 할란다. 이하 동문!"

"이하 동문? 얘가 어디서 무임승차를 해. 어떻게 배운 욕인
데……."

주민하의 너스레에 웃지 않을 수가 없었다. 강승진 형도 한참
웃더니…… 결국 기침이 터졌다. 직접 몸을 쓰는 활동만이 아니
라 말하고 웃는 것도 힘들다고 했다. 본의 아니게 민폐를 끼치게
된 듯해 괜히 미안했다. 강승진 형은 보온병에 준비해 놓은 따뜻
한 물을 마시고 나서야 겨우 기침을 멈췄다.

"미안해하지 마요. 미안해하면 다음에 또 못 봐요. 혹시 승진이
만나러 가면 보게 될 수도 있는데……. 나한텐 흔한 일상이니까
앞으로 또 이래도 그러려니 넘겨요."

이런 게 일상이라니. 리코더를 불고, 줄넘기를 하고, 맘껏 웃을
수 있는 일상이 누군가에겐 간절한 소망이 될 수도 있다니. 선빈
은 도시락을 먹고 있는 일행들을 쳐다봤다. 그들은 선빈이 상상
조차 해 본 적 없는 세상에서 사는 사람들이었다. 아프고 슬프고
불안하고 억울한 세상에서.

"이 심각한 분위기 뭐야. 아까 욕하시던 분 어디 가셨나? 앗, 저
기 구름."

말을 하던 강승진 형이 핸드폰을 들어 구름을 찍었다.

"형이랑 할 수 있는 일이 별로 없었어. 그러다 우연히 구름을 보게 됐는데 굉장히 신기했어. 같은 장소에서 보는데도 매일 다른 모습을 보여 주더라고. 낯선 곳을 여행하는 것처럼 말이야. 그날 이후 형도 나도 구름을 보게 됐어. 특히 힘든 일이 있을 때 구름을 보면서 멍 때리면 위안이 돼."

건물주 손자의 호사스런 취미인 줄 알았다. 선빈도 고개를 들어 하늘을 봤다. 흘러가는 구름을 따라 몸도 둥실 떠오르는 느낌이 들…… 줄 알았는데 그렇진 않았다.

친손주가 아니면 건물 상속은 물 건너 간 건가. 앗, 어쩌다 이런 저급한 생각을…….

근묵자흑이라더니 이게 다 주민하 때문이었다. 주민하를 향해 고개를 돌렸는데 샬랄라 원피스를 입은 주민하가 노을 속에서…… 선빈을 노려보고 있었다.

"진짜야, 말하려고 했어. 어쩌다 보니까 기회를 못 잡은 거야."

주민하는 선빈의 등짝이 움푹 들어갈 정도로 매서운 손맛으로 분노를 표출했다. 주민하의 화를 누그러뜨리기 위해 최후의 수단을 써야 했다.

"그래, 쪽팔려서 그랬다. 너도 친구 집 지하에 한번 살아 봐. 나 여기 산다고 당당하게 얘기할 수 있나."

강하게 나갔고 결국 통했다. 자본주의의 시녀일지라도 주민하는 동정심이 많았다.

"그게 뭐가 쪽팔려. 친구한테 거짓말하고 속이는 게 쪽팔린 거지."

이번엔 봐준다며 넘어가는 듯 했는데 무슨 새로운 아이디어가 떠오른 것처럼 박수를 짝 쳤다. 저 반짝이는 눈이 왜 이리 사람을 불안하게 만드는 거람.

"한집에 산단 말이지? 위기는 기회라더니 정말이네. 넌 이제부터 강승진의 일거수일투족을 살피고 보고하도록!"

작위를 수여하는 여왕이나 되는 것처럼 근엄한 표정으로 선빈의 머리와 양 어깨에 손을 올리기까지 했다. 이럴 수가, 자본주의의 시녀의 진짜 시녀가 되다니…….

빈둥 소녀의 무용한 일상

빈둥 소녀 20XX.06.26.

민하는 간헐적으로 멋있는 아이다. 며칠 전 사람이 관계된 일에 우스운 건 없다고, 결과가 우스울 순 있어도 그 일에 엮인 사람들의 시간과 노력과 마음만큼은 비웃을 수 없다고 말할 때는 멋짐이 폭발했다.

아무도 안 들여다보겠지 싶어 구구절절 집안 얘기를 썼다가 혹시나 누가 볼까 해서 전부 다 지웠다. 그런데 민하의 말을 듣고 생각을 바꿨다. 있는 대로 까발릴 마음은 없지만 감추는 게 더 쪽팔리다는 생각이 들었다.

현재의 내 상황은 집은 망했고(왕년에 무지 잘 살았음), 졸지에 지하 방으로 이사 왔고, 엄마는 가사 도우미 일을 하고 있다. 이 객관적 진실 속에 내가 부끄러워해야 할 일은 하나도 없다(고 믿지만 블로그에만 털어놓을 수 있을 뿐).

라떼 여사는 의외로 멋졌다. 아들과 재혼한 여자의 아들을 손자로 받아들이는 게 쉽지는 않았을 텐데. 엄마는 라떼 여사 아들의 재혼 사실을 이미 알고 있었단다. 헉, 엄마 입이 이렇게 무거웠다니 놀랄 지경이었다.

라떼 여사가 상당히 개방적이라서 놀랐다고 했더니 엄마가 그건 아니라 했다. 이게 현실이군. 강승진 엄마도 안쓰러웠다. 큰아들의 병 때문에 이혼했는데 재혼 후 남편 역시 암으로 사망했다 하니. 원래는 아들과 같이 지방으로 내려가려 했지만 혼자 남은 라떼 여사 옆에 누구라도 있어야 할 것 같아서 강승진이 이사 온 거라 했다. 아들과 남편을 잃은 동병상련의 심정이랄까.

텃밭에서 딴 상추를 드렸더니 라떼 여사와 염색 방 사장님이 엄청 좋아했다. 하여튼 공짜라면……. 나도 주민하가 주는 폐기 상품을 좋아하니 할 말은 없지만.

세상 모든 일 중에 제일 가성비 떨어지는 일이 사람과 관계를 맺는 거라 생각했다. 농사도 그렇고. 나는 요즘 가성비 떨어지는 일들만 하고 다닌다.

아빠가 보낸 편지(벌써 네 통째다)에 열심히 사는 모습이 보기 좋다고 쓰여 있었다. 예전에는 아무하고나 사귀면 안 된다고 했으면서.

블로그 콘셉트를 바꿔야 하나 고민 중이다. 근데 안 믿겠지만 난 아직도 빈둥거리고 싶다.

└ **lazy girl**

콘셉트 바꾸지 마세요.

본캐 부캐가 유행이잖아요. 빈둥 소녀, 농사 소녀, 알바 소녀…….

하고 싶은 일도, 만나고 싶은 사람도 없는 입장에선

빈둥 소녀님 부러워요.

저도 그런 날이 올까요?

20XX.06.27. 23:25

판도라의 후예

인생은 선택의 연속이다. 짜장이냐 짬뽕이냐, 운동화를 팔까, 가방을 팔까, 이모님 월급을 드리나 외삼촌 빚을 먼저 갚나……. 기말고사 일정이 발표됐는데 고구마 줄기도 무성했다. 시험 공부냐, 고구마 줄기 제거냐…….

"고구마의 매력이 뭔지 알아? 바로 속을 알 수 없다는 거야. 상추나 치커리처럼 보이는 것도 아닌데 물을 주고 잡초를 제거하잖아. 믿어야 가능한 일이지."

너희들의 믿음을 시험하겠다는 뜻인가? 화법마저 대략 난감이면 어쩌자는 것인지, 정말!

담임은 셋이 알아서 결정하라 했지만 시험이 끝난 후로 미루면 더 힘들 것 같아 해치우기로 했다. 학원 수업이 없고 알바도 없는 오후의 텃밭에서 강승진이 시장에서 샀다며 팔 토시를 하나씩

줬다.

"할머니가 농사지을 때 꼭 필요하다고 하셔서."

라떼 여사 감성이 물씬 묻어나는 꽃무늬 팔 토시. 딱 칠십 대 스타일이었다. 빈말이라도 고맙단 소리가 나오지 않았다.

"이거야말로 텃밭의 잇템이지. 디자인도 기가 막힌다."

팔 토시에 디자인이라고 불릴 것이 뭐가 있다고. 강승진이 창고로 낫을 가지러 간 사이 주민하의 옆구리를 있는 힘껏 찔렀다.

"아부도 정도껏 해라. 잇템 같은 소리 하네. 너 같으면 돈 주고 이걸 사겠니?"

"내가 안 살 거니까 남이 사 주면 고맙지. 건물주 손자가 사 줬으니 이런 걸 노블레스 오블리주라고 불러야 하나?"

농기구 살 수 있다고 플렉스라 하질 않나, 팔 토시를 노블레스 오블리주라고 말하질 않나, 텃밭 세계관은 정말 적응이 안 됐다. 세계관만이 아니라 낫에도 적응이 쉽지 않았다. 날카로운 날에 더럭 겁이 났고 무서워서 획획 휘두르지 못하니 일도 더뎠다. 거기에 오후의 땡볕까지 내리쬐어 몸도 지치는데 모기까지 극성이었다. 강승진이 계피로 만든 벌레 기피제를 뿌려 준 다음에야 겨우 모기로부터 해방됐지만 이미 얼굴이랑 목, 팔다리까지 모기의 습격 자국이 벌겋게 남은 뒤였다.

쪽팔림의 공식일까. 들키고 싶은 않은 순간은 왜 그리 쉽게 노출되는지. 야간 자율 학습을 신청한 아이들이 텃밭에 구경 와 사진을 찍었다. 공부하기도 부족한 시간에 흉측한 몰골로 낫을 들고 쪼그려 앉아 있으니 신기하기도 하겠지.

"이거 완전 인별 각이네. 애들아, 여기 좀 봐!"

같은 반 친구 하나가 선빈을 불렀고 고개를 돌렸을 때 찰칵 소리가 들렸다. 이런 모습을 찍고 싶을까, 싶은데 핸드폰을 확인한 친구가 대박이라며 박수를 쳤다.

"이게 뭐야? 완전 명화네."

괜찮게 나왔나 하는 호기심에 낫을 놓고 나가서 사진을 확인했다. 석양을 배경으로 밭에 쪼그리고 앉은 선빈과 주민하, 그리고 땀을 닦느라 엉거주춤 서 있는 강승진까지. 이게 명화라고? 이런 구도의 명화가 뭐 있을까 머리를 굴리는데……

"맞잖아. 「이삭줍기」."

칭찬이겠지? 그렇게 믿고 싶었다. 화를 낼 기력도 없었다. 해맑게 조롱을 건넨 친구가 돌아간 후에도 낫질은 계속 됐고 어둑해질 무렵 일을 마칠 수 있었다.

고구마 줄기는 모두 선빈이 가져왔고 골목길 왕언니들이 영업 끝난 염색 방에서 껍질을 벗겼다. 당연히 화제의 드라마와 함께.

"어휴, 저놈 봐. 지 마누라 눈을 속이고 어떻게 저럴 수 있는지……"

"아주 딱 걸려 망신을 당해야 하는데."

"이제 걸리겠다. 에이, 또 못 보고 지나가네. 저기, 네 남편 바람 피우잖아."

배우가 옆에 있는 것처럼 소리까지 질렀다. 눈은 화면을 보면서, 손톱으로 고구마 줄기 껍질을 까면서, 입으론 드라마 속 남편 욕까지 하는 대단한 멀티 플레이어들이었다.

드라마가 진행될수록 남편을 지칭하는 용어도 점점 화려해졌다. 죽일 놈이, 천벌을 받을 놈이, 씹어 먹어도 시원찮을 놈이……. 골목길 왕언니들은 한뜻이었다. 괜한 일거리를 안겨 준 건 아닌가 하는 마음에 미숫가루 세 잔을 배달하고 얼른 후덜덜한 자리를 벗어났다.

쟁반에 남은 한 잔은 위층 강승진 몫이었다. 수업 시간에 받은 영어 프린트를 잃어버려서 강승진이 복사해 주기로 했다.

"공부 안 한다고 하지 않았어? 그게 신념이라며."

노력하지 않겠다고, 그래야 실망하지 않고 좌절하지 않을 수 있다는 얘기를 한 적이 있었다. 스치듯이 했는데 그걸 기억하고 골려 먹을 줄이야.

"촌스럽긴, 유행 따라가는 중이잖아. 본캐 부캐 몰라? 지금은 전교 1등에 목숨 거는 부캐 역할 중이거든."

블로그 구독자 '레이지 걸'이 써 준 댓글을 잘 써먹었다. 강승진은 부캐를 너무 어려운 걸 잡았다고 깐족거리며 프린트를 내밀었다. 피도 안 섞였는데 어떻게 사람 염장 지르는 건 라떼 여사와 이리도 닮았을까. 그래도 학원에서 중요하다고 말해 준 부분까지 따로 표시해 둔 걸 보니 얄미운 마음이 조금 누그러졌다.

미숫가루를 내밀고 냉큼 돌아서려는데 현관 입구에 책과 공책이 잔뜩 쌓여 있었다. 딱 봐도 재활용 종이였다. 나가는 길에 버려 줘?

"할머니가 내놓은 거야. 엄마가 자주 오진 않지만 가끔 올 때 바닥에서 자는 게 보기 안 좋았나 봐. 가운데 방에 침대 놓으려고 정리하셨어. 그냥 둬, 내일 나가는 길에 내가 버릴게."

친절한 소녀 부캐까지는 오지랖 같았다. 그런데 나가려던 선빈 눈에 쌓아 놓은 공책 사이로 빼꼼 얼굴을 내민 뭔가가 보였고 그 순간 주민하의 말이 떠올랐다.

"같은 집 사는 찬스 없어? 그동안 내가 갖다 준 삼각김밥이랑 샌드위치를 생각해서라도 뭐 없냐고?"

뭐가 뭐냐고 물었던 선빈에게 주민하는 정확한 정답을 얘기했다.

"그러니까 사진이라든가 뭐 그런 거."

몰래 강승진 사진이라도 찍으라는 지시였지만 골목 지박령 라떼 여사의 감시와 엄마의 눈을 피해 사진을 찍는 건 외줄타기를 하면서 커피를 마시라는 것과 같은 난이도의 일이었다. 그랬는데 이게 웬 떡, 아니 사진이람. 공책 밖으로 나온 건 사진이었다.

"뭘 내일까지 기다려. 그냥 내가 할게."

자연스럽게 종이 뭉치를 들고 나올 수 있었다. 작전 성공!

방으로 들어오자마자 종이를 헤집어 사진 두 장을 건져 냈지만 작전은 실패였다. 확인도 안 하고 주민하에게 줬으면 쌍욕을 먹을 뻔했다. 오래전에 찍은 걸로 보이는 사진이었고 사진 속엔 강승진이 없었다.

조금만 깊게 생각해 보면 당연한 일이었다. 종이 뭉치는 라떼 여사가 버린 거라 했으니 라떼 여사와 관련된 사진일 가능성이 높았다. 라떼 여사도 공책 사이에 사진이 있다는 걸 모르고 버리려고 했을 터였다.

부캐인 친절한 소녀는 역시 선빈에게 어울리지 않았다. 종이 뭉치는 재활용함에 넣고 사진은 찢어 버리려는데 사진 속의 남자가 그제야 보였다. 혹시 라떼 여사의 아들 사진인가. 그럼 버리면 안 될 것 같았다.

두 장의 사진 중 한 장은 남자 두 명이, 또 한 장의 사진은 남자 한 명과 여자 세 명이 담겨 있었다. 이 중에 누가 라떼 여사 아들일까. 가로 세로 고작 십 몇 센티의 사진, 그것도 오래전에 찍어 빛바랜 사진 속에서 본 적도 없는 라떼 여사의 아들을 찾을 순 없었다.

돌이켜 보면 거기서 포기해야 했다. 쓸데없는 오지랖을 부린 후에는 여지없이 후회했으니까. 그런데 공부에는 영 움직이지도 않던 머리가 인생에 하등 도움도 안 되는 일에는 왜 그리 잘 돌아가는 걸까.

'가만, 두 사진에 공통적으로 있는 사람이 라떼 여사의 아들 아닐까.'

선빈의 짐작이 맞았다. 두 장의 사진에 모두 등장하는, 껑충한 키에 안경을 낀 남자가 있었다. 라떼 여사 아들 걸거! 활짝 웃고 있는 이십 대 청춘이라니. 이때는 자신이 일찍 세상을 떠날 줄도 모르고 있었겠지. 어쩐지 뭉클했다. 그곳에서라도 부디 평안하시길, 마음으로 빌었다.

라떼 여사에게 돌려줄 마음으로 사진을 내려놓으려는데 문득 라떼 여사 아들 옆에 있는 여자에게 눈길이 갔다. 많이 낯익은, 분명 어디선가 봤던 얼굴. 누구더라. 그 얼굴에 이십여 년의 세월을 입혔더니 답이 나왔다. 불과 얼마 전에도 엄마의 심부름을 갔다가 만났던 엄마의 대학 동창, 수진 이모.

수진 이모가 왜 이 사진에? 그러고 보니 위층에서 대학 앨범을 본 기억도 났다. 라떼 여사 아들과 대학 동창은 맞았구나. 왜 엄마는 그런 얘기는 한마디도 안 했을까. 대학 동창 집에서 일하는 사실이 자존심 상해서? 자존심 강한 엄마라면 충분히 그럴 수 있었다.

「이삭줍기」 명화를 몸소 완성한 날이라 말할 수 없이 피곤했다.

아아악, 입이 찢어져라 하품을 하고 침대에 벌렁 드러누웠다. 기지개를 켜다 선빈은 이렇게 한가한 시간이 무척 오랜만이란 생각이 들었고 자신의 본 캐릭터가 빈둥 소녀라는 걸 떠올렸다. 수학 시험 문제도 다시 계산을 안 하는 선빈이 사진 확인에 나선 건 그런 이유였다. 빈둥거리며 시간을 보내기 위해서.

선빈은 다시 사진을 봤다. 수진 이모 같기는 하지만 맨투맨에 청바지, 촌스런 파마머리까지 과거의 흔한 패션이었다. 이것 때문에 수진 이모로 착각한 건 아닐까?

선빈은 SNS에 들어가 수진 이모를 찾았다. 올려놓은 게시물이 별로 없었다. 시간을 거슬러 가 보니 몇 년 전 올린 대학 엠티 사진이 있었다. 그 사진 속엔 엄마도 보였다. 촌스럽지만 어린 엄마. 엄마도 청춘이었네. 엄마 옆에 있는 수진 이모도 여전히 촌스러웠다. 라떼 여사 아들이 같이 있었다면 바로 확인 가능했을 텐데 안타깝게도 그 얼굴은 보이지 않았다.

노은정: 현미도 보이네. 근데 남의 흑역사를 이렇게 공개하다니.

현미는 엄마였다. 노은정 씨는 사진 속 다른 인물로 보였다. 즉흥적으로 노은정 씨의 계정으로 넘어갔다. 노은정 씨는 수진 이모보다는 훨씬 더 많은 게시물을 올렸고 수확도 있었다. 아래로 아래로 스크롤을 내렸을 때 라떼 여사 아들의 사진 발견. 위층에서 가져온 사진보다는 더 나이가 든 모습이었고 음식점에서 찍은 건지 고기 불판과 술병이 보였다.

박진걸: 규철이…… 짜식, 보고 싶네.
노은정: 조금 있으면 기일이네. 저 때만 해도 건강했는데.

이름이 규철이구나. 두 개의 댓글만으로도 라떼 여사 아들임을 확신했다. 그때 열린 창문을 통해 골목길 왕언니들의 박수 소리가 들렸다. 아마도 바람피운 남편이 골탕 먹기라도 했나 보다.

박수 칠 때 떠나라고 했던가. 정말 거기서 끝냈어야 했다. 졸리고 피곤했지만 시험이 코앞이었고 전교 1등에 목숨 거는 소녀, 부캐도 정했으니 더 늦기 전에 프린트로 눈을 돌려야 했다. 그랬는데…… 박진걸 씨의 댓글이 자꾸 눈에 밟혔다. 짜식,이란 단어에서 느껴지는 규철 씨에 대한 친밀함과 애도. 그 절절한 마음이 보고 싶었다.

선빈은 프린트를 잠시 옆으로 밀어냈다. 하지 말라면 더 하고 싶어지는 법. 결국 판도라도 상자를 열지 않았던가. 박진걸 씨의 계정은 가족 사진들이 많았다. 절절한 마음은 보지 못 했지만 대신 재밌는 결혼기념일 사진을 발견했다. 어깨 뽕을 한껏 넣은 신부 드레스는 웃기고 주례대 옆 '신궁전 예식장'이라 적힌 입간판은 생뚱맞았지만 앞날에 대한 기대로 들뜬 신랑 신부만은 풋풋하

고 충만했다. 댓글에도 결혼기념일을 축하한다는 내용이 줄줄이
이어졌다.

노은정: 19주년 결기 축하. 너도 신궁전에서 했었구나.
박진걸: 너도?
김수진: 규철이랑 현미도 여기서 했었잖아. 암튼 축하.

규철이도, 현미도 흔하디흔한 이름이었다. 수진 이모 지인 중에
또 다른 현미가 있을 확률도 없지는 않았다. 하지만 확률 너머의
직감으로 읽자마자 소름이 돋았다. 오래전 판도라도 그랬던 것처
럼……

빈둥 소녀의 무용한 일상

빈둥 소녀 20XX.07.05.

사람이 관계된 일에 우스운 건 없다고 했던 말 취소다.

쪽팔려서 견딜 수가 없는 일도 있고 지금 그렇다.

└ **lazy girl** 🔒

아는 척하는 게 실례인 것 같아 몇 번이나 망설이다 글을 남겨요.

쪽팔려서 견딜 수가 없는 일이 생겼나 봐요. 무슨 일인지는 모르겠지만 십 분 정도만 큰 숨을 들이쉬고 내뱉고 해 보세요. 한결 좋아질 거예요.

말은 이렇게 해도 저는 타인을 위로하는 방법을 잘 몰라요. 이기적이라서가 아니라 제 처지가 다른 사람보다 못해 그럴 일이 별로 없었어요.

저는 비밀스런 가정사를 가졌…… 그냥 밝힐게요. 입양아였어요. 양부모의 사랑을 듬뿍 받고 컸지만 경제적 문제로 두 분이 이혼한 후에는 혼자 살고 있어요. 두 분 모두 빚쟁이들을 피해 도망 다녀야 해서 저를 키울 수 없었거든요. 무책임하다 느낄 수도 있겠지만 지금도 저에게 방값과 생활비를 밀리지 않고 보내 주려 노력하세요. 물론 원망이 없지는 않아요. 햇반이나 김치가 떨어지면 이러려고 입양했나 따지고 싶거든요. 하지만 친

딸이었어도 이 상황에서는 어쩔 수 없었을 거다 이해하려고 노력해요. (마음 넓은 척하지만 울컥 눈물 나는 밤이 훨씬 더 많아요.)

아참, 저 역시 십 대예요. 가족 없이 혼자 사는 사람은, 거기다 나이도 어리면 타인의 표적이 되기 쉬워요. 그래서 사람을 사귈 때 조심하고 조심했어요.

고등학교 입학 후 정말 좋은 친구를 만났어요. 저의 모든 사정을 알게 된 후에도 여전히 친절했던 친구였어요. 사실 그 친구도 불화를 겪는 부모님 때문에 힘들어했거든요. 우리는 서로에게 힘이 되어 주는 관계였어요.

그러던 어느 날 친구가 밤 늦게 전화를 걸어 와서는 하루만 재워 줄 수 없냐고 물었어요. 또 부모님이 싸우나 보다 짐작이 됐어요. 친구가 힘들다는 걸 알았지만 그날은 정말 오랜만에 엄마가 집에 왔기에 거절할 수밖에 없었지요. 미안하다는 말도 했고요.

그게 잘못이었나 봐요. 며칠 후 학교에 제 모든 사정이 낱낱이 공개됐어요. 입양아 출신이라고, 친부모가 누군지도 모른다고, 양부모로부터도 버려졌다고, 양부모는 죄를 짓고 도망 다닌다고…….

불행한 과거와 비참한 현실을 숨기고 싶었을 뿐 거짓말을 하진 않았어요. 그런데도 아이들은 저를 거짓말쟁이 취급했고 비난과 동정 어린 시선을 보냈어요. 그것도 힘들었지만 무엇보다 견딜 수 없는 건 친구의 배신이었지요.

"불쌍해서 놀아 줬더니 나랑 같은 줄 알았니?"

그 말을 듣고 바로 학교를 나왔고 다시 돌아가지 않았어요.

입양아가 아닌 척, 혼자 살고 있지 않은 척, 행복한 척, 괜찮은 척……. 죽을 힘을 다해 열심히 살았는데 결국 들켰고 망했어요. 아무리 노력해도 안 되는 인생이란 생각이 들었어요. 이럴 바엔 그냥 다 놓아 버리자 싶었어요.

홈스쿨링을 한다, 검정고시 준비를 한다 말을 하면서도 사실 아무것도 안 하고 있던 중에 빈둥 소녀 님 블로그를 봤어요. 저와 같은 생각을 하고 있어 반가웠지요. 이미 아무것도 안 하고 있지만 더 격렬하게 아무것도 안 하고 싶었거든요. ㅋ

그런데 제 진짜 마음은 그게 아니었나 봐요. 빈둥 소녀 님이 고구마를 키우고, 알바를 가고, 친구와 티격태격하는 생활이 좋아 보였고 부러웠어요. 나한테도 이런 날이 오겠지 하는 희망도 품게 되었어요.

아이들에게 모든 상황이 까발려졌을 때 저도 쪽팔렸어요. 사라지고 싶을 만큼이나요. ㅎㅎ 결국 학교에선 사라졌네요.

그런데 견딜 수는 있었어요. 친구 욕을 하면서 하루를 보냈고, 더 잘돼서 보란 듯이 그 친구 앞에 나타날 거란 허세를 부리며 또 하루, 빈둥 소녀 님 블로그를 보면서 또 하루……. 그렇게 시간이 흘러가더라고요. 빈둥 소녀 님은 저보다 훨씬 더 잘 이겨 낼 거예요.

사람이 관계된 일에 우스운 건 없다고, 결과가 우스울 순 있어도 그 일에 엮인 사람들의 시간과 노력과 마음만큼은 비웃을 수 없다는 친구의 말, 저는 믿고 싶어요. 그래야 보잘것없는 내 인생도 우스워 보이지 않거든요.

심호흡을 하고 나니까 훨씬 괜찮아졌죠? 그럼 이제 야식으로 라면 하나 끓여 드세요. 모든 근심 걱정도 라면 앞에서 힘을 못 쓰니까요. 그러면 쪽 팔림을 견딜 힘도 생길 거예요. (아침의 부기는 책임 못 집니다.)

빈둥 소녀 님의 부캐 좌절 소녀가 오래 가지 않길 바라요.

20XX.07.06. 01:25

가출 소녀

―사정이 있어 며칠만 가게에서 지낼게요. 죄송합니다.

비밀번호를 알고 있다곤 해도 무단 점거를 할 수는 없어 사장
님께 문자를 드렸다. 아무런 답이 없어 전화를 해 볼까 고민할 때
사장님이 가게로 들이닥쳤다. 양손에 짐이 가득했다. 발로 가게
문을 차면서 짐 안 받고 뭐 하냐며 소리부터 질렀다.

사장님이 메고 온 마트용 장바구니에서는 접이식 스탠드와 수
건, 샴푸, 휴지, 침낭, 상비약이 줄줄이 나왔다. 오른손에 들린 건
두툼한 쿠션 돗자리였다.

"사정이 있다고? 사정 같은 소리 하고 있네. 딱 봐도 가출이구
먼. 더럽게 말 안 들어 처먹는 딸이 있어 내가 이 방면으론 도사
다."

사장님은 맨바닥에 자면 안 된다고 손사래를 쳤다. 여름이라 춥지는 않겠지만 새벽엔 서늘할 수도 있다고, 침낭 지퍼를 끝까지 열면 이불처럼 써도 된다고 직접 시범을 보였다. 그리고 가게 불을 켜면 바깥에서 보인다며 스탠드만 켜 놓으라고 했다.

"이건 뭐예요?"

선빈이 집어 든 건 네모난 철망이었다.

"샤워 못 해도 머리는 감아야 할 거 아냐. 방충망 보수하는 건데 이걸로 개수대 수챗구멍 막고 머리 감아. 그래야 머리카락 걸러지니까."

짧은 시간에 어떻게 이런 것까지 챙겨 왔는지. 싱크대가 있는 주방 공간은 쓰레기통과 허드레 물건이 쌓여 있어 지저분했고 그걸 가리기 위해 파티션을 두었다. 사장님 말대로 거기서 대충 씻는 게 가능했다. 사장님이 가져온 건 모두 가출 필수템이었다.

"왜 집에 들어가라고 말씀 안 하세요?"

사장님이 딱하다는 눈빛으로 선빈을 바라봤다.

"사정 있다며? 무슨 사정인지 물으면 갑질 사장 될 테고, 들어가라 말하면 꼰대 사장 될 텐데 입 아프게 뭐하러."

사장님은 작업대 옆으로 돗자리를 깔고 침낭까지 펴 주고는 문단속 잘 하라는 소리만 백 번쯤 하고 돌아갔다.

'규철이랑 현미도 여기서 했잖아'. 한마디가 결정적이었다. 아닐 거야, 고개를 저었지만 머릿속에선 고개를 갸웃했던 의혹의 순간들이 재생되고 있었다. 현미야,라던 호칭과 지하방에서 들었던 말, 거기에 대학교 졸업 앨범까지.

물론 단정 지을 순 없었다. 찝찝해도 의심을 덮어야 할지, 아니면 최악의 상황을 받아들일 각오로 파헤쳐야 할지 고민했지만 이미 판도라의 상자를 열었던 선빈이었다. 망설임 없이 후자를 택했고 염색 방에서 놀다 온 엄마에게 단도직입적으로 물었다.

"라떼 여사가 시어머니였어?"

엄마는 눈이 커지다 못해 튀어나올 정도로 놀란 표정을 지었다. 그 표정이 제발 허무맹랑한 소리에 대한 반응이기를 간절히 빌었다.

"누구한테 들었어?"

불안하게 떨리는 엄마의 눈동자가 이미 진실을 다 말해 줬다.

"엄마 미쳤어? 다 알면서도 어떻게 여기 살 수 있어?"

냉정하게 따지고 싶었는데 눈물부터 터졌다.

"선빈아, 다 얘기할게. 말도 안 되는 상황이란 거 나도 알아. 처음엔 거절했어. 진짜야. 그런데 어쩔 수가 없었어."

자신과 아빠를 감쪽같이 속였으면서 이제 와 다 얘기한다고? 그 말을 어떻게 믿으라고? 들어 봐야 뻔한 변명일 뿐이었다. 엄마가 얘기를 하자고 붙잡았지만 미리 싸 놓은 가방을 챙겨 미련 없이 집을 나왔다.

"지금은 어떤 말도 듣고 싶지 않아. 당분간 친구네서 지낼게."

거짓말은 아니었다. 주민하에게 연락도 했으니까.

'뭐 해?' 선빈의 물음에 주민하는 '큰아버지 편만 드는 할머니 등판. 고성 오가는 백 분 토론 시청 중'이라고 답을 보냈다. 그런 집으로 여행 가방까지 끌고 갈 수 없었다.

쓰읍, 있는 힘껏 백합 향기를 들이마셨다. 백합 향기로도 질식사 할 수 있다는 글을 읽은 적이 있었다. 고작 다섯 송이로 질식사가 가능할지는 모르겠지만. 오십 번을 들이마셔도 정신이 말짱했고 괜히 꽃만 상하게 하는 것 같아 다시 꽃 냉장고에 집어넣었다. 백합 향기에 취해 죽으려면 도대체 몇 송이의 꽃이 필요한 걸까? 우아하게 죽으려 해도 돈이 필요하구나. 지긋지긋한 자본주의 세상.

엄마도 돈 때문에 그런 말도 안 되는 선택을 한 거였나? 이렇게 맨바닥에서 자게 될까 봐? 어쩔 수 없는 사정이었다 해도 선빈에 게만은 미리 말했어야 했다. 아니, 새벽 골목길 라떼 여사 입에서 엄마 이름이 나왔을 때라도 고백했어야 했다.

'혹시 강승진도 알고 있는 건가?'

그럴 것 같았다. 강승진 형이 선빈을 콕 집어 할 말이 있다고 한 것도 이 사실과 관련 있는 듯했다. 내가, 우리 모녀가 얼마나 우스 워 보였을까. 나쁜 새끼, 알고 있으면서 티 하나 안 내다니. 그게 배려였니? 차라리 멸시하고 욕을 하지. 막장 드라마 같은 설정을 알고 얼마나 재미있었을까? 입술이 하얘지도록 꽉 깨물었다.

그때 문자 알림 소리가 들렸다.

—엄마가 잘못했어. 어디니? 우리 얘기 좀 하자.

무시하려다 한마디만 보냈다.

—안전한 곳에 있으니까 걱정 말고 자.

아마 엄마는 걱정을 산더미만큼 안고 잠도 못 자고 있을 테다. 그게 하나도 속상하지 않았다.

영업이 끝났는지 건너편 돼지갈빗집 불이 꺼졌다. 선빈도 가게 불을 끄고 침낭 속으로 들어갔다. 쿠션 있는 돗자리인데도 등이 배겼다. 꽃도 식물도 있으니 캠핑 온 거다, 눈을 감고 주문을 외웠지만 똑똑 개수대의 물 떨어지는 소리도, 째깍째깍 울리는 시계 소리도 캠핑이 아니라 가출임을 확인시켜 주었다.

괜찮겠냐고 사장님이 물었을 때 문 열고 나가면 큰길이고 코앞에 24시간 편의점이 있는데 뭐가 걱정이냐고 큰소리쳤는데 무섭고 서러웠다. 왈칵 눈물이 쏟아졌다. 독한 마음으로 집까지 나왔는데 울 수는 없었다. 절대로 지지 않을 거야. 이까짓 어둠에, 알 수 없는 두려움에, 그리고 어마어마한 쪽팔림에. 입술을 앙 다물고 눈물을 닦았다.

"뭔 일 있어? 얼굴 완전 푸석푸석해."

이런 촉은 없으면 좋겠지만 주민하가 선빈의 변화를 바로 알아챘다.

"미안해서 어쩌냐. 어제 우리 집도 완전 전쟁터였거든. 이번에 또 느꼈다, 노 머니 노 해피! 그나저나 오늘은 또 어디서 자려고?"

촉만 좋은 게 아니라 매너도 좋아 가출의 이유는 묻지 않았다. 꽃집의 아가씨답게 꽃집에서 잘 거라고 대답하고 수업이 끝나자마자 줄행랑을 쳤다. 강승진 얼굴을 볼 자신이 없었다. 가출 후 한나절 사이 엄마의 문자가 오십 통 넘게 와 있었다. 미안하다, 잘못했다, 얘기 좀 하자……. 들을 가치도 없는 변명뿐이었다.

선빈에게 인수인계를 마치고 퇴근 준비를 하면서도 사장님은 아무 말이 없었다. 딸처럼 생각한다더니 말뿐이었나 싶어 서운했다. 할 수 없이 선빈이 먼저 얘기를 꺼냈다.

"왜 가출했는지 안 궁금하시죠?"

사장님 얼굴이 평상시와 다를 바 없이 태연했다.

"뻔하지. 사연 없는 집구석이 어디 있다고. 이유는 안 궁금한데 언제 들어갈지는 좀 궁금하네. 여행도 2박 3일, 4박 5일 계획이 있잖아. 그러니까 대충이라도 계획은 세워 봐."

사장님은 말 안 듣는 딸들이 왜 이리 많은지 모르겠다고 투덜거리며 퇴근했다. 선빈은 혼자 남아 배달 기사에게 주문 상품을 전달하고 물통에 물도 새로 넣어 꽃 컨디션을 확인했다. 작업대 정리하고 화분까지 다 닦으니 어느새 퇴근 시간을 넘겼다. 목에 둘렀던 '민 플라워' 앞치마를 벗고 편의점에서 사온 김밥을 뜯으려 하는데 띠링, 종이 울렸다.

"가출 소녀 저녁 배달 왔습니다."

뻔뻔하게 말한 건 주민하 뒤로 들어온 강승진이었다. 이런 모습을 들키고 싶진 않았기에 돌아가라고 떠밀었다. 그랬건만 주민하는 농사로 탄탄해진 전완근을 들이밀면서, 강승진은 보란 듯이 종이 상자를 들어 올리며 막무가내로 들어왔다. 강승진 손에 들린 상자에서 치킨 냄새가 솔솔 풍겨 왔다. 치킨에 환장한 줄 아나. 사람을 뭐로 보고. 생각하면서도 눈은 계속 치킨 상자로 향했다.

"가출도 잘 먹어야 오래 버틴다."

몇 번 드나들었다고 주민하가 제집처럼 싱크대를 오가며 접시를 꺼내더니 작업대 위에 치킨을 펼쳤다. 오냐, 치킨은 먹어 주마. 닭다리를 집으면서 강승진은 도대체 왜 데리고 왔냐는 뜻으로 째려봤다.

"째려보지 마. 너 가출한 거 얘도 알고 있더라. 한집에 살면서 모르는 게 더 웃기지 않냐?"

꽃집에 있는 것까지는 말 안 했어도 되잖아, 눈빛으로 말했는데 그것도 기가 막히게 알아챘다.

"여기 있다는 것도 이미 알고 있더라."

설마 내 뒤를 밟은 건가 싶어 강승진을 쳐다봤다.

"염색 방 사장님이 말해 줬어. 집이 이 근처신가 봐. 아침에 학

242

교 가려는데 사장님이 나한테 물으시더라. 왜 선빈이가 꽃집에서 나오냐고. 아마 너희 엄마도 네 행방을 알고 있을걸."

눈이 오나 비가 오나 오전 6시 50분이면 가게 문을 여는 염색 방 사장님의 존재를 너무 무시했다. 염색 방 사장님은 쓰레기 무단 투기를 지키는 라떼 여사와 더불어 인간 CCTV였다.

"됐으니까 아무 말 말고 치킨만 먹고 가라."

우적우적 치킨 먹는 소리만이 가게 안을 떠돌았다. 가출 관련 얘기만 하지 말라는 소리였는데 이렇게 철저하게 규칙을 지키는 건 뭐람. 혼자 잤는데 안 무서웠냐, 씻는 건 어찌 해결했냐 물어 볼 수도 있을 텐데. 이 정도면 사생활 존중이 아니라 사생활 무시 아닌가. 결국 선빈이 먼저 무너졌다.

"학원은 어쩌고 온 거야?"

양념치킨을 잡아 뜯던 주민하가 입가에 묻은 소스를 혀로 핥더 니 선빈을 향해 힐난하는 표정을 지었다.

"참 일찍도 묻는다. 너 때문에 쨌지. 그런데도 아무 말 말라고?"

그래 해라, 해! 봉인 해제와 동시에 주민하가 다다다 얘기를 쏟 아 냈다. 어이없게도 주민하는 선빈의 사연을 다 들었단다. 짐작 했던 대로 강승진의 입을 통해서.

지지 않겠다 굳게 맹세했건만 주민하의 얘기를 듣자마자 눈가 가 시큰했다. 온몸이 불타오르는 것처럼 화끈했다.

"울라고 말한 거 아니야. 뭐 살짝 복잡한 상황이긴 해도 그게 가출할 정도로 큰일이니?"

남 일은 뭐든 쉽지. 넌 어쨌을 거 같은데. 너라고 다를 것 같아?
공부 빼곤 다 잘한다더니 주민하는 독심술도 있는 것 같았다.

"남 일이라고 함부로 말하는 거 아니야. 너희 집 문제는 정말 심
플해. 엄마가 일을 구했는데 그게 우연히 전 시어머니 집이었던
거잖아. 물론 말하기 좋아하는 사람들은 막장 드라마 같다고 하
겠지."

말하기 좋아하는 사람만이 아니라 누구나 막장 드라마로 생각
할걸. 타인의 입을 통해 들으니 쪽팔려 죽고 싶었다. 선빈이 그러
거나 말거나 주민하는 짐짓 심각한 표정을 지었다.

"내가 막장 드라마에 조예가 깊다는 건 알고 있지? 그럼 하나
만 묻자. 막장 드라마가 왜 막장으로 불리는지 알아? 그건 드라마
속 상황이 억지스럽고 우스꽝스러워서가 아니야. 살면서 한 번쯤
쪽팔린 상황이 안 생기겠냐고. 그보단 상황에 대처하는 사람들의
감정과 반응이 비정상적이고 과하기 때문이지. 딱 지금 너처럼.
그러니까 이 문제를 막장 프레임에서 벗어나게 만드는 것도 결국
은 네 몫이란 뜻이야. 네가 알바 하면서 그랬잖아. 정당하게 돈 버
는 게 좋다고. 엄마 문제도 그렇게 생각하면 안 돼?"

너희 엄마가 그랬어도 이렇게 쉽게 넘어갈 수 있겠어? 선빈이
수긍을 안 하니 잠자코 있던 강승진도 한마디 거들었다.

"선빈이 그럴 만해. 나도 처음엔 놀랐으니까. 아저씨가 재혼인

건 알고 있었지만 전 부인을 이런 식으로 만나게 될 줄은 몰랐거든. 사실 엄마 지방 발령이 갑자기 결정된 거라 할머니에겐 통보하듯이 말하고 이사 왔어. 짐작하겠지만 할머니와 엄마 사이가 그렇게 다정하진 않아. 그러니 오지 말라고 하면 내가 서운할까봐 할머니도 아무 말 못 하셨나봐. 속앓이만 하시다가 결국 털어놓았던 거였어."

다 알고 있으면서 감쪽같이 선빈을 속인 거였다. 연기로 치면 남우 주연상 급이었다. 선빈의 냉랭한 표정에 당황한 강승진이 변명을 했다.

"어쩌다 이렇게 되고 말았지만 속이려는 뜻은 없었어. 사실 그냥 모른 체 넘어가면 제일 좋다 생각하기도 했고."

넘어갈 일이 따로 있지. 사람을 아주 바보 취급한 거네.

"맞아, 이상하다면 이상한 상황이야. 그러면 정상은 뭐니? 봐서 알겠지만 형은 여전히 아파. 그래서 엄마는 형 때문에 지금도 주말이면 아빠 집에 자주 가. 아빠랑 같이 사는 할머니가 있는데도 말이야. 이런 관계도 네가 볼 때 이상하니?"

전남편의 집으로 가는 강승진의 엄마. 아픈 아이를 같이 돌보는 부모의 모습일 뿐 하나도 안 이상했다. 옆에 있던 주민도 거들었다.

"우리 집은 정상 같니? 의절하고 싶어도 받아야 할 돈이 있어서 큰아버지 계속 보고 사는 거 알잖아. 정상, 비정상을 누가 정하는 건데. 한 번만 생각해 봐. 너희 엄마도 거절이 더 쉬운 결정이 아니었을까? 그런데도 자존심 체면 다 접고 받아들인 거잖아. 그게 누구 때문이었겠어?"

문득 이모님 집에서 밤마다 울던 엄마 모습이 생각났다. 엄마라고 그 결정이 쉬운 건 아니었을 텐데. 그런데도 그 일을 선택한 건 결국 나 때문이려나. 자존심 꼿꼿한 사람이 오죽했으면 가사 도우미 일을 시작했을까. 그것도 전 시어머니 집에서. 나보다 엄마가 훨씬 더 힘들었겠구나.

엄마 생각을 하자 가슴이 찌르르 아팠다. 주민하는 선빈의 변화를 귀신같이 알아맞혔다.

"정상, 비정상을 그렇게 따지는 사람이었어? 네 눈엔 나도 비정상이지?"

자본주의의 시녀도 비정상이긴 하지. 크게 고개를 끄덕였다. 주민하가 어쭈, 하며 때릴 듯 주먹을 들었고 강승진이 점잖게 타일렀다.

"이렇게 시시한 일로 주먹질할래? 국가를 상대로 싸우는 사람 앞에서 할 짓은 아니지."

그래, 니들 잘났다. 친구 이겨 먹어서 아주 좋겠구나. 졌어도 기분이 나쁘지 않았다. 든든히 배를 채운 치킨 덕분에, 가출 친구를 위해 일용할 양식을 사 온 친구 덕분에.

to be continued

그 밤 마지막 손님은 라떼 여사였다. 온 동네 떠나갈 듯이 꽃집 문을 두들겨 대는 것부터 라떼 여사 스타일이었다.

"자꾸 알려 달라는데 말릴 수가 있어야지."

라떼 여사를 모시고 온 염색 방 사장님이 미안한 표정을 지었지만 선빈은 충분히 이해했다. 그 고집을 꺾을 사람이 어디 있으려고.

"네 엄마가 뭔 죄를 지었다고 이 난리를 치는 거니? 다 죽어 가는 늙은이를 꼭 여기까지 오게 만들어야 했어?"

불편한 다리로 의자에 앉은 라떼 여사는 네 엄마 박현미가 전 며느리였다고 당당히 밝혔다. 박현미는 아들의 오랜 여자 친구였고 집에도 자주 놀러 와서 딸처럼 예뻐했고 그렇게 결혼했다고.

잠깐만요, 혹시 기자 회견이라고 착각하신 건 아니죠? 다독다

독 달래거나 혹은 어쩔 수 없는 사정이 있었다는 변명을 하러 온 거라 짐작했던 선빈으로서는 당황스럽기 그지없었다.

"그 결혼이 1년 3개월 만에 깨졌어. 내 아들을 이혼남으로 만들 었으니 네 엄마는 나한테 원수도 그런 원수가 없었어. 그런 원수 를 우리 집에서 딱 만난 거야. 심장이 떨어져 죽을 뻔했어. 걔도 날 보자마자 도망치느라 바빴고. 한 번만 생각해 봐라. 네 어미인 들 나를 다시 보고 싶었겠니? 그랬는데 싫다는 애를 내가 강제로 주저앉혔어."

라떼 여사가 숨이 찬지 말을 끊었다. 그러더니 너는 손님이 왔 는데도 물 한 잔을 안 내놓느냐고 타박했다. 손님이 아니라 불청 객이지요. 세상에 이보다 더 불편한 관계가 있을까 싶었지만 노 인 공경의 정신으로 미온수를 갖다드렸다.

"원수였다면서요? 그런데 왜 주저앉혔어요?"

엄마는 도망쳤었다 하니 결국 이 모든 사단의 원인은 라떼 여 사였다.

"사는 게 어려워 보여서 그랬다. 나이 들면 그런 건 기가 막히게 잘 보여. 남편 사업은 망했는데 해 본 일은 없을 테고 그러니 이렇 게 남의 집 일이라도 하려고 나선 걸 테지. 그게 빤히 보이는데 어 떻게 안 붙들어?"

라떼 여사가 말을 끊고 선빈을 물끄러미 바라봤다.

"원수를 사랑하라, 난 그런 거 몰라. 원수를 어떻게 사랑하겠어.

그렇지만 밥 굶을 걸 빤히 보면서 모른 척하는 짓도 못 해. 죽을 듯 미워도 밥은 먹여야 돼. 나는 그래. 괴팍하지?"

원수지만 밥은 먹여야 한다? 죄책감 없이 미워하겠다 뭐 그런 뜻인가. 괴팍함을 넘어 괴기스럽기까지 했다. 이렇게 괴기스러우니 누가 이 상황을 이해할 수 있을까.

"내 마음이 편치 않아서 네 엄마를 설득하고 너까지 끌어들인 거였어. 네 엄마의 잘못은 살날 얼마 안 남은 노인네의 마지막 부탁을 거절하지 못한 것밖에 없어."

말을 끝낸 라떼 여사가 다시 숨을 헐떡였다. 선빈이 건네준 물을 한 모금 마시는가 싶더니 갑작스레 기침도 했다. 그렁그렁 가래 끓는 기침이었다. 어디가 아픈가? 자세히 보니 안색도 안 좋았다. 살날 얼마 안 남았다는 말은 또 뭐람. 괜히 마음이 불편했다. 겨우 기침이 가라앉은 라떼 여사가 말을 이었다.

"살다 보면 많은 일들이 생겨. 내 깐엔 저승 가기 전에 좋은 일 한다는 뜻으로 했지만 누군가에게는 못마땅할 수도 있겠지. 하지만 어떻게 매번 정답을 찾을 수 있겠어. 공부 못한다니 잘 알 거 아냐? 정답 찾기가 얼마나 힘든지."

이렇게 훅 공격이 들어오다니. 그것도 성적으로. 그런데요 여사님, 이 문제는 객관식이 아니라 주관식 아닐까요? 이 문제의 정답은…… 선빈도 떠오르지 않았다.

"나는 이 방법밖에 못 찾았어. 이제부터는 네가 한번 찾아봐."

to be continued 249

라떼 여사가 지팡이를 짚고 일어섰다. 안녕히 가시라고 인사라도 해야 하나 눈치를 보는데 버럭 소리를 질렀다.

"여기 있다고 답이 찾아지냐고. 밥이 되건 죽이 되건 집에 가서 쌀을 안쳐야 할 거 아냐. 갈 준비 안 하고 뭐 해?"

노인네 혼자 가다 쓰러지면 네가 책임질 거냐는 협박에는 도저히 당해 낼 도리가 없었다. 숨을 헐떡이며 빨리 짐을 싸라는 라떼 여사의 성화에 결국 집으로 돌아왔다.

집으로 돌아온 선빈을 붙잡고 엄마는 잘못했다고 빌었다. 속여서 미안하다고 했다.

한바탕 쏘아붙이려고 했는데 12라운드를 뛴 복싱 선수처럼 눈이 퉁퉁 부은 엄마를 보니 괜히 부아가 났다.

"죄지었어? 뭘 잘못했다고 이러는 거야?"

싱글 침대에 몸을 딱 붙이고 누워 엄마랑 긴 얘기를 나눴다. 머리만 닿으면 바로 잠드는 프로 가사 도우미 엄마가 처음으로 새벽 3시를 넘겼다.

엄마는 라떼 여사의 아들과 좋은 친구였고 애인이었고 그래서 결혼을 했지만 인연은 오래가지 않았단다. 이혼 후 아빠를 만났고 이혼 사실을 밝혔음에도 아빠는 과거가 뭐 중요하냐며 사랑하는 마음이면 충분하다고 말했다. 역시 아빠는 사랑에 있어서도 대책 없는 사람이었다.

"원래 노부부의 집으로 가기로 했다가 갑자기 바뀐 거잖아. 살던 집도 여기가 아니어서 정말 생각지도 못했어. 보자마자 안 하겠다고 나왔어. 죽으면 죽었지 이 일을 어떻게 하겠냐고. 근데 몇 번이나 전화를 거서서 설득했어. 딸래미 손가락 빨게 할 일 있냐고, 길바닥에 나앉을 거냐고, 고작 1년 3개월짜리 시어머니 눈치를 왜 그리 보냐고. 그러면 안 되는데 결국 넘어갔어. 다른 직업도, 다른 집도 구할 수 없었거든."

얘기를 하면서도 엄마는 눈물을 줄줄 흘렸다. 선빈에게 들키지 않으려고 무척 조심했단다. 결국 이렇게 걸릴 줄 알았으면 솔직하게 털어놓을 걸, 엄마가 어리석었다고 말했다.

거절이 더 쉬운 결정이었다는 주민하의 말이 생각났다. 이 모든 일 속에서 가장 힘들고 상처받은 사람은 엄마였다. 선빈이 옷소매로 엄마의 눈물을 닦았다.

"울지 마. 울 힘으로 악착같이 돈 벌자고. 언제까지 여기 있을 수는 없잖아. 엑스 시어머니 집 떠나야 되잖아."

잔뜩 잠긴 목소리로 엄마가 그러자, 대답했다.

겨우 1박 2일 가출에 온갖 똥폼을 다 잡았다고 놀리면서도 사장님은 잘했다고 어깨를 두드렸다. 선빈이 가출한 사정에 대해서는 결국 한마디도 묻지 않았다. 담임이 사용하는 무관심법이 효과가 있는 건지 조만간 사장님께 구질구질한 집안 얘기를 할지도

to be continued 251

모르겠다.

동네 요란하게 가출을 막았으면서도 라떼 여사는 선빈을 보면 겸연쩍어 했다. 선빈과 단둘이 있으면 여지없이 '김 여사'를 찾으며 자리를 피했다. 연기도 점점 물이 올랐다. 물론 선빈도 라떼 여사가 편하지 않았다. 그렇지만 못 견디게 싫은 것도 아니었다.

얼마 전 선빈이 좋아하는 남자 아이돌 멤버와 아역 출신 여자 배우의 열애가 밝혀졌다. 늦은 밤 한강 공원 벤치에 어깨를 기대고 앉아 있는 사진이 찍혔음에도 두 사람은 서로 짠 듯이 '이제 막 알아 가는 단계'라고 말했다. 선빈에게는 라떼 여사와의 관계가 그랬다.

"나는 7학년 6반 손미자야. 다 떠나서 그렇게만 생각해."

선빈은 그동안의 복잡한 관계를 떠나 7학년 6반(나이를 가지고 왜 이런 표현을 쓰는 건지……) 손미자 씨와 조금씩 알아 가고 있다.

재혼은 그렇다 쳐도 혹까지 달고 오냐며 사생결단 결혼을 반대했던 까닭에 라떼 여사와 강승진 엄마는 아직 데면데면했다. 엄마의 재혼으로 졸지에 '혹' 신세로 전락한 강승진 역시 라떼 여사와 '이제 막 알아 가는 단계'였다. 세 사람은 화목하진 않지만 예의와 의리를 지키며 살아가고 있다. 그 모습이 그리 나쁘지 않아 보였다.

엄청난 비밀이 밝혀졌는데도 변한 건 없었다. 가출 사건을 벌이며 치른 기말고사는 망했고, 법정 시급을 준수하는 알바도 빠지지 않았고, 땡볕 아래서 고구마 밭의 잡초도 제거했다.

잡초 제거를 위해 모였을 때 강승진을 통해 담임의 진실도 들었다. 선빈의 상상과 달리 놀랍게도 담임은 싱글이었다. 싱글? 헉 소리가 나왔다.

"우리 담임이랑 대학 동문이잖아. 내가 4반 선생님이랑 고구마 키운다니까 친구라고 하면서 말해 주시던걸."

주민하도 이미 알고 있었단다.

"어떤 여자가 대략 난감 총각을 좋아하겠니?"

그럼 뽀로로 스티커 호미는 뭐지? 기막히게도 호미는 참새에서 구매했던 거란다. 그러니까 단순히 전 주인의 취향이었다. 사연 있어 보이는 그 외모는 도대체 뭐냐고 담임에게 따지고 싶었다.

라떼 여사 역시 건강에 아무 문제가 없었다.

"그럴 리가 없어. 다 죽어 간다고, 살날 얼마 안 남았다고 하셨단 말이야."

나이가 있어 소소한 질병들은 있지만 큰 병은 없다고, 얼마 전 건강 검진에서도 확인했단다. 기, 승, 전, 저승은 라떼 여사가 자주 쓰는 관용어란다. 그 관용어에 선빈이 속아 넘어간 거였다. 무엇보다 가장 큰 오해는 라떼 여사에겐 건물이 없다는 거였다. 라떼 여사가 고향 동생 건물을 드나들며 관리해 주고 있었다고 한다.

to be continued 253

왜 그런 오지랖을 부려서 사람을 착각하게 만드신 거예요?

"어쩌다 그런 오해를? 우리 할머니가 그렇게 있어 보이는 인상
은 아닐 텐데."

깔깔대며 웃는 강승진 옆에서 주민하가 복화술로 성질을 부
렸다.

"근믈주 슨자라며?"

착각과 사실, 소문과 진실은 어찌 이리 구분이 힘든 건지……

잡초 제거 후 집에 돌아가던 길에 강승진은 또 구름을 찍었다.
하늘이 어둑했다.

"하여튼 먹구름 킬러야."

새참 라면을 후루룩 들이키면서 주민하가 무심히 말했다. 강승
진에게 고백했다 차였다더니 감정을 쏙 뺀 말투였다. 건물주 손자
라서 찼나 했는데 그건 아니라서 자존심은 덜 상한다고 하면서.

"차라리 싫다고 말을 하지. 뭐 사랑보다 오래가는 게 우정이라
나, 나쁜 놈."

울고불고 오랫동안 괴로워할 줄 알았는데 주민하는 쉽게 마음
을 접었다.

"그렇게 오래가는 거 좋아하면 바퀴벌레랑 사귀라고 말해 줄
걸 그랬어."

심지어 유머를 구사할 힘도 남아 있었다. 대학 갈 생각하면 남

자 친구는 없는 게 낫다고 덧붙여 말했다. 실연 문제 전문가로도 손색이 없을 만큼 훌륭한 변명이었다.

나쁜 놈이라고 하면서도 주민하는 친구 목록에 강승진을 남겨두었다.

"헤어졌다고 쌩까는 건 안 멋지잖아. 뭐, 친구로는 그리 나쁘지 않고."

그 말을 하는 주민하는 멋졌다. 멋진 주민하를 거절한 강승진은 라면이 불어 터지고 있는데도 장막을 덮은 것처럼 검고 두꺼운 구름을 찍느라 정신이 없었다.

큰아버지 문제 때문인지 우애 깊은 형제를 이해할 수 없다던 주민하에게 강승진은 큰 비밀을 고백했다.

"형을 미워했어. 우리 집의 모든 불행이 형 탓인 것 같았거든. 사실 형이 죽었으면 하고 바란 적도 있어. 형이 폐렴 걸렸을 때였던가 결국 폭발하고 말았지. 사춘기라 예민한데 아무도 나한테는 신경 안 쓰더라고. 있으나 마나한 존재라고 느껴졌어. 나 좀 봐 달라고 말하고 싶은데 문득 산소통 밸브가 보였어. 이거만 잠그면 다 끝나는 거 아닌가. 저렇게 고생하는데 차라리 형도 빨리 가는 게 낫지 않을까…… 결국 밸브를 잠글 뻔했어. 무서웠어. 내가 그런 생각을 했다는 사실 자체가. 내가 시위에 나가는 건 사회 문제에 엄청 관심이 많고 부당한 처사에 대해 분노하기 때문이 아니야. 그냥 우리 가족의 불행에 사과하고 책임을 질 이들을 찾기 위해서야. 잘못인 줄 알면서도 상품을 만들고 판매하고 그리고 방관한 진짜 가해자들, 한때나마 나를 괴물로 만든 그들에게 사과받고 싶어서야."

강승진의 고백은 담담했지만 묵직했다.

아픈 형 때문에 외갓집에서 자라서, 살균제가 뭔지도 모르는 외할머니 덕분에 강승진은 무탈했다. 선빈 역시 종이 기저귀 발진 때문에 천 기저귀를 써야 했고 그걸 말리느라 가습기를 틀 수 없었다고 들었다. 그저 우연이었다.

우연 때문에 행, 불행이 결정된다 생각하면 말할 수 없이 무기력하고 슬퍼졌다. 열심히 사는 게, 선량하게 사는 게 무슨 의미가 있을까 회의가 밀려왔다. 하지만 눈에 불을 켜고 쓰레기 무단 투기를 단속하고, 아침 6시 50분이면 여지없이 가게 문을 열고, 자신을 원수라 여겼던 사람의 집으로 가사 도우미 일을 나가고, 손에 상처가 나면서도 꽃다발을 만드는 사람들을 보고 있으면 무기력하다고 막 살고 싶진 않았다.

"형이 아픈 이유를 알고 나서 엄마는 절규했어. 버젓이 슈퍼에서 파는 물건 하나가 온 가족의 인생을 망가뜨린 거잖아. 그렇지만 엄마는 자기 몫의 불행을 받아들이는 것부터 진짜 인생이 시작된다고 그랬어. 그래야 불행이 시시하게 보인다고, 그래야 맞서싸울 수 있다고."

강승진이 심오한 표정으로 말하자 주민하가 더 심각한 얼굴로 받아쳤다.

"자기 몫의 불행? 멋진 말이네. 쓰레기 종량제처럼 불행도 각자가 처리하란 뜻이잖아."

진짜 표현하고는. 평소 언어 습관에서부터 느꼈지만 골목길 왕언니 주니어 멤버로 손색이 없었다.

"빨리 가자. 비 쏟아지기 일보 직전."

사진을 찍던 강승진이 편의점 문을 열면서 다급하게 소리쳤다. 하늘이 흐리지만 비는 절대 안 올 거라고 하더니……. 마을버스 정류장을 향해 뛰어가는데 갑자기 비가 내리기 시작했다. 굵은 빗줄기가 거침없이.

정류장이 코앞인데 마을버스는 선빈 일행을 못 본 척 냉정하게 출발했다. 손 흔들어, 제일 앞서 뛰던 강승진에게 그렇게 외쳤건만, 설마 뛰어오는 승객을 두고 가겠냐면서 까불더니, 텅텅 비었네, 우리 탈 때까지 절대 안 떠나, 배짱부리는 주민하 옆으로 일 미터는 족히 넘는 물보라를 일으키며 버스가 지나갔다. 내 편인 줄 알았던 인생도 느닷없이 뒤통수를 치는데 정차 시간을 지켜야 하는 버스 기사님이야 말할 것도 없건만, 방심하고 자만한 탓에 제대로 당했다.

원래 고적운은 비가 안 오는데……. 혼잣말하는 강승진 주둥이로 주먹이 나갈 뻔했지만 참았다. 엄마의 전남편의 재혼한 부인

to be continued 257

의 아들과 어울리는 것만으로도 막장을 뛰어넘는 설정이다. 거기에 주먹다짐까지 할 수는 없었다. 주인집 손자라는 것도 무시할 수 없는 이유였다.

지자체 예산 부족으로 빗줄기를 가릴 지붕 하나 없이 12분 후에 오는 다음 버스를 기다려야 하는 처참한 상황에서도 그렇게 우정을 지켜 냈다. 머리부터 발끝까지 쫄딱 젖은 주민하와 강승진의 모습은 우습고 참혹했다. 더 가슴 아픈 건 아마 자신의 모습도 그 못지않으리라는 점이었다.

누구처럼 고수가 아니어서인지 선빈은 불행이 시시하다고 생각되진 않았다. 하지만 고통과 쪽팔림을 같이 나눌 이들이 있다면 불행이 만만하게 보일 날도 오지 않을까 믿고 싶어졌다. 앞으로도 느닷없이 비는 오고 대략 난감 상황이 발생하겠지만, 뭐 이까짓 것쯤이야 말할 수 있는 날이 올지도 모르겠다고…….

저 멀리 빗줄기를 뚫고 버스가 보이기 시작했다.

빈둥 소녀의 무용한 일상

빈둥 소녀 20XX.07.22.

약 46억년의 지구 역사를 1년으로 바꾸면 대략 146년이 1초란다. 1월 1일 0시에 지구가 탄생했다고 가정할 경우 3월 21일에야 최초의 바다 생명체가 출현했단다. 146년이 1초인데 3월 21일이라면 얼마나 긴 시간일지 상상도 안 된다.

그리고 한참의 시간이 흘러 11월 24일~26일에는 최초의 이끼식물이, 11월 29일~12월 3일에는 고사리 식물이 출현했다. 혹시라도 계산기 두드려 볼 생각이라면 그러지 마시라. 어차피 계산 안 될 테니까. 그리고 아직 놀라기엔 이를 테니까.

12월 21일~26일, 짜잔, 속씨식물이 출현했다.

속씨식물이 뭐냐고? 바로 전체 식물의 90퍼센트를 차지하고 꽃을 피울 수 있는 식물을 뜻한다. 긴 시간 아무런 흔적도 없던 지구에 드디어, 기필코, 파이널리 꽃이 등장한 거다. 크리스마스 시즌에 너무 어울리는 소식 아니냐고! (1초가 146년이니 진짜 크리스마스는 아니지만.)

문득 궁금해졌다. 내 인생 전체를 1년으로 잡으면 오늘은 몇 월 며칠쯤 될까.

2월 28일? 아니면 3월 13일? 지구로 치면 최초의 생명체도 나타나지 않은 시간이다. 아직 무수한 시간들이 남아 있는…… 엉망진창 내 인생에도 언젠가는 꽃이 피지 않을까 바라는 희망의 시간들이……

처음으로 내가 만든 상품을 팔았다. 작약 꽃다발을 보더니 사장님이 제법이라며 칭찬도 해 줬다. 시들시들한 꽃에 물 올림을 한 것처럼 뭔가 찌르르했다.

가끔씩 세상이 나만 빼고 돌아간다고 느꼈다. 세상에서도 왕따였다(나만 이런 생각하는 건 아니지?). 그런데 꽃을 보고 있으면 적어도 내 삶에서라도 주인공으로 살아 봐야 하지 않을까 하는 생각이 들었다. 망하고 무너지고 실패하더라도 포기하지는 말아야겠다는 다짐도 들었다.

이런 말을 하면 주민하와 강승진이 멋진 척한다고 엄청 놀릴 테지만…… 어쨌든 크리스마스 때까지는 버텨야 하지 않겠냐고…… 이왕 태어난 거 꽃은 피워야 하지 않겠냐고…….

└ **독거 소녀 (구 lazy girl)**
저도 부캐 하나 만들었어요.
벌써 쪽팔림을 극복하셨네요. 혹시 라면의 효과? ㅎ

260

진작 정체성을 잃어버린 건 알고 있었지만

이제 대놓고 고백을 하시네요.

블로그의 운명이 어찌 될까 걱정은 되지만…… 보기 좋아요.

저도 크리스마스 기다릴게요. 꽃도 보고 싶어요.

20XX.07.23. 20:38

└ **빈둥 소녀 (블로그 주인)** 🔒

독거 소녀 님(구 레이지 걸)에게.

라면 효과 확실하더군요. 아침에 어찌나 땡땡 부었던지…….

블로그 글 읽었으면 알겠지만 저는 기브 앤 테이크를 좋아해요. 독거 소녀 님이 훅 비밀을 털어놓아서…… 저도 하나 꺼내 볼까 해요.

집이 망하고 엄마랑 둘이 산다는 건 알고 계시죠? 사실 아빠가 사업하다가 사기횡령죄로 구속이 되었어요. 얼마 전에 3년 실형도 받았고요.

불행 배틀 하는 것 같지만 제 사정도 만만치 않죠? 전과 비교해서 하나도 나아진 건 없어요. 여전히 가난하고 바쁘답니다. ㅠㅠ

지독할 만큼 좋은 일이 하나도 없어요. 친구가 그러는데 좋은 일은 쉽게 일어나지 않는데요. 그 대신 기쁜 일을 찾아보라고 했어요.

눈에 불을 켜고(이 정도 노력을 해야 될 정도) 기쁜 일을 찾아봤어요. 우와, 신기하게 저한테도 기쁜 일이 있더라고요. 물론 남들 눈에는 시시하게 보이겠지만 오늘 저에게 일어난 기쁜 일 몇 가지를 알려 드릴게요. 비웃음 금지!

1. 아침 등교 시간에 버스에서 자리 났음. (5번 마을버스는 스쿨버스 수준)

2. 급식에 돈가스 나왔음. (급식 최애 메뉴)

3. 친구가 폐기라면서 바질파스타를 줬음. (공짜는 언제나 환영)

4. 꽃 냉장고 밑에서 500원 주웠음. (자랑했다가 사장님에게 빼앗김. 함부로 자랑 금지)

5. 기말고사 성적이 주 모 양보다 앞섰음. (도긴개긴이라고 본인은 우기지만)

6. 바퀴벌레가 사라진지 무려 39일째임. (설마 내 눈에만 안 보이는 건 아니겠지?)

오늘은 여섯 개만 썼지만 많은 날은 열 개도 넘어요. 오 예!

독거 소녀 님도 한번 해 보세요. 생각보다 내가 괜찮게 살고 있구나 느낄 수 있어요.

이야기가 너무 어수선하죠. 사실 저도 누구를 위로하는 게 익숙하지 않아요. 그렇지만 이렇게라도 글을 달고 싶었어요.

댓글을 읽고 제가 힘을 얻었던 것처럼 제 글에 독거 소녀 님도 위안을 받았으면 하는 바람이에요.

크리스마스까지는 같이 버텨야 되잖아요. ㅎㅎ

20XX.07.23. 23:28

2020년 1월 20일 대한민국에 코로나 첫 확진자가 발생했다. 그 이후 힘겨운 팬데믹의 시간들이 이어졌다. 누구나 그랬겠지만 나 역시 그 시간들이 수월하진 않았다. 학교와 직장에 가지 못한 가족들과 오롯이 집 안에서만 함께 지내야 했다. 수업과 근무에 방해가 될까 청소기도 마음대로 돌리지 못했고 TV도 자유롭게 켤 수 없었다. 노트북 자판을 두드리는 것도, 도마 위에서 칼질을 하는 것도 눈치가 보였다. 평범하다 못해 무료하기까지 했던 내 생활이 온전히 사라져 버렸다. 괴롭히는 사람도 없건만 괴로웠고 가족들 속에서도 외로웠다.

그즈음 사소한 오해로 멀어졌던 친구가 전화를 걸어 왔다. 코로나로 격리 중이라는 친구는 문득 내 생각이 났다며, 그동안 잘 지냈냐고, 보고 싶었다는 말을 전했다. 몇 년 전 마지막 만남에서 그 친구를 다시 안 보겠다고 생각했었다. 그런데 연신 기침을 하면서도 내 안부를 묻는 친구의 말에 그동안 가졌던 오해와 서운함이 스르르 녹아내렸다. 입장의 차이였을 뿐인데 나를 지지하지 않는 친구가 서운해 매섭게 몰아붙였던 내 잘못도 그제야 떠올랐다. 그렇게 친구와 화해했다.

내 옹졸함 탓에 하마터면 소중한 친구를 잃을 뻔했구나, 가슴을 쓸어내리다가 생각했다. 소중한 걸 잃어버린 경험을 했다면 그 이후의 삶은 달라지지 않았을까, 전보다 넓고 깊은 마음으로 살게 되지 않을까, 그래서 악연으로 얽혔던 사람들도 화해할 수 있지 않을까 하고.

이 책은 상당히 불편한 관계의 사람들이 한집에 살게 되면서 벌어지는 이야기를 담았다. 주인공 선빈은 아빠의 사업 실패로 재산을 다 잃었다. 거리에 나앉을 처지의 선빈 모녀를 받아들인 주인집 할머니 역시 사랑하는 가족이 세상을 떠난 아픔을 가졌다. 주인집 할머니의 손자도 사회적 참사로 인해 건강을 잃은 형을 두고 있다. 다소 억지스러워 보이는 관계임에도 서로가 도움의 손길을 내밀고 기꺼이 그 손을 맞잡는 이유는 그들이 공통적으로 가진 상실의 경험 때문이라 생각한다.

친구가 그런 것처럼 나 역시 아프고 외로운 순간이 찾아오면 이름 뒤에 하트까지 붙여 저장했던 익숙한 전화번호를 눌렀을 테다. 오해로 쌓인 앙금보다는 친구의 다정한 목소리를 먼저 떠올렸을 테니까. 누군가 내 옆에 있다는 믿음은 얼마나 든든한가. 그래서 상실의 아픔을 가진 사람들의 이야기를 쓰면서도 마냥 슬프지만은 않았다. 그들 옆에는 기쁜 일에 함께 웃고 슬픈 일에 함께 울어 줄 이웃들이 있었으니까.

나 역시 그런 사람이 되고 싶다. 생의 가장자리까지 떠밀려 온 이들에게 선뜻 작은 손을 내밀어 줄 수 있는. 하지만 그 전에 먼저 다정한 목소리로 안부 인사를 건네고 싶다. 모두들 안녕하신가요? 그동안 어찌 지냈나요? 보고 싶었어요…….
이 책이 어둡고 힘든 시간을 통과하는 모든 이들에게 건네는 안부 인사이기를 바란다.

당신을 응원하는 마음도 함께 보내며,
정은숙

창비청소년문학 119

완벽한 가족을 만드는 방법

초판 1쇄 발행 | 2023년 7월 7일
초판 2쇄 발행 | 2023년 11월 20일

지은이 | 정은숙
펴낸이 | 염종선
책임편집 | 구본슬
조판 | 신혜원
펴낸곳 | (주)창비
등록 | 1986년 8월 5일 제85호
주소 | 10881 경기도 파주시 회동길 184
전화 | 031-955-3333
팩스 | 영업 031-955-3399 편집 031-955-3400
홈페이지 | www.changbi.com
전자우편 | ya@changbi.com

ⓒ 정은숙 2023
ISBN 978-89-364-5719-8 43810